Petra Meinold

AF222519

Lebenswelten und
Seelenreisen

Juli 2008

II

Widmung

Für meinen Vater Siegfried Meinold
u. meinen Freund

Vorwort

Durch Beruf und eigene Erfahrung wurde ich
vertraut mit den Abgründen und Tiefen der
Seele, die doch allzu sehr das Menschsein
auch ausmachen können, zumindest in
manch schweren Stunden.
All denen, die sich für das Leben hinter dem
äußeren Vorhang interessieren, soll dieses
Buch als ein Begleiter zeigen, wie es im
Innern eines Menschen aussehen kann, und
es soll Mut machen, diese Zustände
anzunehmen, gar zu erdulden im Falle
eigener Betroffenheit, wissend, dass viele
Menschen mehr oder weniger „ver - rückt"
oder einfach „anders" sind.
Haben Sie Mut, zu sich zu stehen und der
oder die zu sein, der (die) Sie sind.

In diesem Sinne

Ihre
Petra Elisabeth Meinold

Zum Geleit

„Man sieht nur mit dem Herzen gut."

(aus: „Der kleine Prinz" von A. Saint-Exupéry)

Abbildungsverzeichnis:

Cover:

Inhaltsverzeichnis

Bochum oder vom Sinn des Lebens

Sie war 23 Jahre alt und eifrig bemüht, eine fleißige Studentin zu sein. Aufgewachsen in einer westfälischen Kleinstadt hatte sie einen Medizinstudienplatz mitten im ehemaligen Kohlenpott, in Bochum erhalten. Sie, die vorher noch nie in ihrem Leben Straßenbahn gefahren war, sondern, wenn es hoch kam außer Rad mal Bus gefahren war, musste sich jetzt, wenn sie aus ihrer Heimatstadt per Bahn angereist kam, unter die Fahrgäste in der Straßenbahn mischen und manchmal auch zwängen. Das hier kannte sie noch nicht, das war ein neues Lebensgefühl, das roch schon nach einer neuen Welt, die faszinierend und erschreckend zugleich war. Kam sie an der Haltestelle der Universität an, musste eine steile Eisentreppe hochgestiegen werden, die frei nach oben ging. Die Treppe ragte in die Luft, unter ihr war nämlich kein Grund. Drunter konnte sie 50 Meter tiefer die Haltestelle klein erkennen. Oben auf dem Plateau lief sie über eine Brücke, unter der eine Autobahn mit rasenden und lärmenden Autos lang lief. Links von ihr lagen die Einkaufszentren und kleinere Läden auf die möglichen alltäglichen Bedürfnisse der Studierenden ausgerichtet; rechts lagen die universitären Gebäude im Plattenbetonstil, eins wie das andere. Manche standen nebeneinander und glichen sich wie Zwillinge. Um sich in dieser Betonwüste orientieren zu können, hatte man farbige Pfeile mit Buchstaben für die einzelnen Fakultäten auf den Wegen aus Betonplatten und an den Seitenwänden der Gebäude gepinselt. Diese Farben waren die einzigen Abwechslungen im Häusergrau. Leider war ihr Orientierungsvermögen nicht sehr ausgeprägt, es war auch nie notwendig gewesen in ihrer Heimatstadt sich Wege und

Straßen besonders merken zu müssen; war doch dort alles wie in einer Puppenstube überschaubar. Hier jedoch, dies kam einer Herausforderung oder Überforderung gleich. Schaute sie den Blockwänden gen Himmel entlang, hatte sie das Gefühl ob der Höhe und Steilheit der Gebäude nach hinten zu fallen, sprich: der Größe und Gewaltigkeit der Gebäude wegen ohnmächtig zu werden. Sie fühlte sich beim Anblick der Betonblöcke jedes Mal getrieben, unruhig und etwas aus dem Häuschen. Sie ersehnte schon die Rückfahrt zur überschaubaren kleinen Heimatstadt. Es galt auszuharren, sein Geschäft – hier das Studium zu erledigen, abzureißen, Scheine zu sammeln, um bald an einem anderen angenehmeren Ort weiterarbeiten und vor allem auch leben und wieder aufatmen zu können. Hier in der Betonwüste umzingelt von den im Kreis gebauten Gebäudeblöcken, stand die Luft und der Atem ging schwer, fast blieb ihr die Luft weg, und sie zwang sich bewusst tief durchzuatmen, auch um sich damit zu beruhigen und um sich ihren Standort ins Bewusstsein zu rücken. Als sie wieder einmal auf der Suche nach einem Seminarraum war und schon mehrere Blöcke vergeblich vom untersten bis zum obersten Stockwerk durchgekämmt hatte auf ihrer Suche, hatte sie plötzlich sogar die Orientierung für oben und unten verloren und landete sogar auf dem Dach eines solchen Blocks. Dort lag jede Menge an weißem Kies, das sah fast friedlich aus, die Luft war klar und rein im Unterschied zu der in den Gebäuden. Sie war der Enge der Flure entronnen, obwohl sie noch nicht an ihrem Ziel angekommen war, und konnte frei die Luft einatmen und weit über das Ruhrtal den Lauf der Ruhr mit ihren Augen verfolgen. Als sie bis zum äußeren Rand des Daches sah, bemerkte sie, dass sie nicht allein hier oben war. Es stand schon jemand auf dem Dach

2

und zwar am äußersten Rand und schaute hinunter. Sie konnte von weitem nicht erkennen, ob es ein Mann oder eine Frau war. Ihre Hände gingen nach oben, sie rief „Hallo" und fing zu winken an. Es folgte auf ihren Ruf keine Antwort. Sie beschloss zur Frau oder zum Mann hinzugehen. Als sie ankam, sah sie, dass es eine Frau mit ganz kurz geschnittenen Haaren – fast einem Herrenschnitt – war, die dort reglos am Rand des Daches stand und hinunterschaute. Sie befanden sich in mindestens 100 Meter Höhe. Die Studenten unten sahen schon recht klein aus. Sie liefen alle in die unterschiedlichsten Richtungen. „Hallo", sagte sie erneut, „ich habe mich verlaufen und bin auf dem Dach gelandet. Kannst Du mir vielleicht den Weg zeigen, wie ich wieder nach unten komme? Ich irre hier schon seit Stunden herum!" Die Frau oder das Mädchen mit den kurzen Haaren drehte sich jäh um und sagte: „Das ist kein Problem. Komm mit! Ich zeige ihn Dir!" Sie ging an ihr vorbei und vor ihr her. Sie folgte und gemeinsam stiegen sie endlose Treppen hinab, bis sie unten ins Freie gelangten. „Sag mal, hast Du Dich auch verlaufen?" fragte sie das Mädchen mit den kurzen Haaren. „Nein!" antwortete das Mädchen. „Ich wollte mich vom Dach stürzen." „Was ist passiert?" fragte sie das Mädchen. „Mein Freund hat mich verlassen. Ich schaffe das hier alles allein nicht mehr!" „Ich lade Dich zu einem Kaffee ein!" sagte die ehemalige Orientierungslose. Gemeinsam steuerten sie ein Restaurant eines Kaufhauses im Unicenter an. Schweigend saßen sie dort sich zunächst gegenüber - die Kaffeetassen zwischen ihnen. „Ich muss gleich nach dem Kaffee weg!" sagte die Orientierungslose. „Lass uns bei Dir zu Hause anrufen. Du musst hier weg zu Leuten, die Dich kennen und mögen!" Sie liefen nebeneinander zur Telefonzelle. Zum Glück hatten sie

Kleingeld dabei. „Ich kann nicht wählen!" sagte die Kurzhaarige. „Sag mir die Nummer, ich wähle für dich!" sagte die Orientierungslose. Sie wählte und bekam eine Stimme an den Apparat. „Wie heißt Du eigentlich?" fragte sie kurz der Kurzhaarigen zugewandt. „Eva!" war die Antwort. „Eva geht es nicht gut, sie lässt euch fragen, ob sie jetzt gleich kommen kann." Die Frage wurde am anderen Ende der Leitung bejaht. „Eva kommt gleich! sagte die Orientierungslose und legte auf. Das Geld war auch durchgefallen. „Schaffst Du es allein dort hinzukommen oder soll ich dich hinbringen?" fragte die Orientierungslose. „Nein, es geht schon besser, ich werde es bis dahin schaffen!" so die Kurzhaarige. Sie gingen gemeinsam übers Plateau die Treppe hinab zur Straßenbahnhaltestelle. Es dauerte zwei lange schweigsame Minuten. Dann kam die Straßenbahn. Die Türen öffneten sich, Eva stieg ein. Die Türen schlossen sich. Die Bahn setzte mit Ruck an und fuhr langsam los immer schneller werdend. Als die Bahn mit Ruck losfuhr, hob sich innen in der Bahn und außen vor der Bahn jeweils eine Hand zum zaghaften Gruß. Es war kein heftiges Winken, sondern ein verhaltenes Händehochhalten auf beiden Seiten. Man gab sich noch einmal gegenseitig zu erkennen. Dann war die Bahn und Eva weg, nur die Gleise waren noch zu sehen. Man hatte in der kurzen Zeit keine Adressen ausgetauscht und würde sich wohl nie wieder sehen. Es würde bei diesem einmaligen Treffen in ihrer beider Leben bleiben. Die Orientierungslose stieg gedankenverloren, in sich gekehrt die Treppen wieder hinauf, erneut auf in Richtung Betonwüste. Und wo lag jetzt eigentlich der Sinn des Lebens? dachte sie. Doch wohl nicht im Studium allein, was sie eben noch so verbissen gesehen hatte. Es gab wohl darüber hinaus mehr im Leben, worum es zu kämpfen galt! Und sie lächelte, als sie an Eva dachte, an das Bild, wie sie davongefahren war in eine andere Welt als die, in der sie sich momentan noch befand, und die sie mit Gewissheit bald wieder verlassen würde, was ihr wissend eine innere Ruhe und Stärke verlieh.

Das Hähnchen

Winter ist es bei vier Grad unter Null. Es liegt Schnee, und zum Teil glitzert Eis bläulich in der Winternacht zwischen den Straßenbahnschienen. Die Kirchenglocken schlagen, denn es ist Mitternacht. Ein Paar, sie 26 Jahre alt, er 30 Jahre alt, steht mit leuchtenden Augen vor einer Hähnchenbräterei. Die Hähnchen am Spieß, ca. 30 Stück, drehen sich langsam um die Achse, dabei läuft das Fett herunter in die Auffangschale. Lecker sehen sie aus, die Hähnchen, zum Anbeißen; sie scheinen saftig und knusprig zu sein, ganz zu schweigen von ihrem Duft, der den beiden vor der Bude durch die offene Tür heiß in die Nasen zieht. Die beiden schauen sich schweigend an. Die Blicke drücken ihnen gegenseitig ihr einzigartiges Verlangen nach Genuss aus. Aber es ist nicht nur Genuss, sondern es ist auch ein starkes Hungergefühl vorhanden. Die letzte Brotschnitte haben die beiden um 8 Uhr morgens gegessen. Nun stehen sie da mit den Händen in den Hosentaschen. Aber ihr Geld zusammen reicht nicht für ein halbes Hähnchen. Das wissen beide doch nur zu genau! Sie hat gerade ihr Studium abgeschlossen, ist Diplom- Psychologin und seit vier Wochen arbeitslos. Das Sozialamt zahlt ihr monatlich 300 DM. Er hat ein Germanistik- und Philosophiestudium für Lehramt nach durchgefallener Examensprüfung aus Kostengründen abgebrochen und trauert um verloren gegangene

Zukunftschancen. Das Bafög-Amt zahlt bei ihm nicht mehr! Jetzt kommt plötzlich Bewegung in den jungen Mann. Er öffnet seine Tragetasche und holt eine alte Kamera hervor- ein Erbstück seiner verstorbenen Eltern- eine kleine Kostbarkeit. Er hebt die Kamera mit beiden Händen und photographiert die sich auf dem Spieß drehenden Hähnchen. 10 Jahre später, anderer Ort: Sie sitzt in ihrer Praxis, hält eine Fotografie in ihren Händen mit goldgelben Hähnchen im Grill und lächelt diese liebevoll an. Ein Andenken an ihren Freund! Ihr Freund liegt auf dem Kölner Südfriedhof. Er sprang vor 10 Jahren von einer Kölner Brücke in den Rhein. In der Hand hält sie fest umklammert den Geldbeutel mit 3,50 DM für ein halbes Hähnchen.

Es geschah an einem Karfreitag vor der Auferstehung oder das Leben der Hausfrau Else oder geboren werden, um zu sterben.

Geboren wurde sie die Else im März 1932 an einem Karfreitag – ein Vorkriegskind, zu jung um voll in die Kriegsjahre einbezogen zu werden, aber alt genug, damit prägende bleibende Erinnerungen an den Krieg in der Kinder- und Jugendlichenseele hinein brannten. Sie wuchs als ein ängstliches, leicht verstörtes Kind neben einem weiteren Geschwisterkind, einer vier Jahre älteren dominanten, aber tüchtigen Schwester auf, verstört wohl auch deswegen, weil die Familie mütterlicherseits erblich von einer Geisteskrankheit belastet war. So gab es meistens halbjährlich spektakuläre Zwischenfälle in unmittelbarer Nachbarschaft durch die dort vor allem in großer Anzahl lebenden Brüder ihrer Mutter. Es kam vor, dass einer der Brüder auf das Dach seines Bauernhofes nebenan stieg in der Absicht es anzuzünden oder sich vom Dach zu stürzen, oder aber er versuchte Feuer im Stall zu legen, versetzte die Kühe und Schweine in Panik, was aber wiederum von seinen übrigen Geschwistern verhindert wurde. Manchmal verschwand dieser Bruder für einige Monate oder Wochen. Man munkelte, er sei in Erholung- eine Kur würde er machen. In Wirklichkeit war es eine nahegelegene Nervenheilanstalt. Gab er gerade mal Ruhe, trieb ein anderes Familienmitglied sein Unwesen und versetzte seine Verwandten in Angst und Schrecken. Mit der Zeit dezimierte sich die Anzahl der männlichen Verwandten durch unnatürliche Auslese- sprich durch eigene Tötung beträchtlich, so dass allmählich Ruhe in das vorherige vor allem nächtliche störende Treiben einsetzte. Else war still, nahm alles auf und verlor kein Wort. Auch in der Familie wurde absolutes Stillschweigen über die Vorfälle bewahrt. Mit 19 Jahren lernte Else, die inzwischen Verkäuferin in einem Stoffladen geworden war, einen Mann kennen, der 16 Jahre älter als sie selbst war und gerade aus fünfjähriger russischer Gefangenschaft gekommen war. Er sah gut aus, warb um sie, auch wegen seines schon fortgeschrittenen Alters um eine baldige Ehe und Familie bedacht, gelang es ihm die unerfahrene Else schon bald zur Ehe zu überreden. Sie beschlossen beide noch arbeiten zu gehen, um ein Haus zu bauen, dass ihr Familiennest werden sollte. Mit 26 Jahren bekam Else ihr erstes und einziges Kind- ein Mädchen, das sie wie ihren Augapfel hütete und sogar Angst hatte, es beim Berühren wie beim Windeln zu verletzen. Jetzt ging Else nicht mehr arbeiten, obwohl sie ihre Arbeit über alles geliebt hatte und sich durch diese sehr bestätigt gefühlt hatte in ihrer Person und Wichtigkeit. Sie war sogar zur besten Verkäuferin des ganzen Ladens während ihrer Berufszeit aufgestiegen und hatte dafür eine Reise an den Bodensee gewonnen. Doch die Einsamkeit im neu gebauten Haus, die Pflichten einer Hausfrau, ihre ängstliche und vorsichtige Art führten zu einem Leben ohne Freunde und Freundinnen. Der Mann verstand ihren späteren Wunsch, als das Kind größer war, nicht, wieder in den Beruf zurückzugehen. Selbstverwirklichung?! Eine Frau braucht nicht zu arbeiten, der Mann versorgt sie. Ehe und Kinder sollten ihr den Lebenssinn und –inhalt geben- so ihr Mann. Dann kam es zu einer Brustoperation von Else- doch Else hatte Glück. Es war kein Krebs- die Brust blieb bis auf eine Narbe und kleine Delle erhalten, sozusagen unversehrt. Doch Else hatte erste Todesahnungen bekommen, war verunsichert, dachte jetzt erstmals über den Sinn des Lebens nach. Das sind die Wechseljahre - meinte ihre Mutter. Das geht vorüber, das haben viele Frauen, das ist völlig normal. Doch Else spürte, dass etwas mit ihr nicht mehr stimmte. Sie war aus dem Gleichgewicht geraten. Ein Nervenarzt wurde konsultiert, eine Kur musste her- es folgten verschiedene Versuche die aufkeimende Unruhe durch Beruhigungstabletten diverser Art und durch Hausrezepte zu kurieren. So aß Else auf Anraten ihrer Mutter Butter massenweise mit dem Löffel, was angeblich gut für ihre Nerven sein sollte. Der Verzehr der Butter hatte die Auswirkung, dass Else körperlich auseinanderging und nun sich auch noch hässlich fand, wo doch Attraktivität für sie selbst immer einen hohen Wert bedeutet hatte. Else fühlte sich nirgends verstanden, weder in den später von ihr aufgesuchten Nervenkliniken durch die Ärzte und ihre Eltern. Sie versuchte Verständnis von ihrer Tochter zu bekommen, was ansatzweise gelang, aber nur beschränkt, denn diese war noch zu jung und lebensunerfahren. Es folgten Ehekrisen, gekoppelt mit Nichteinnahme der Tabletten gegen ihre Schwermut, wodurch sich diese jeweils phasenweise verstärkte. Zusehends geriet die nach außen mühsam aufrecht erhaltene Fassade eines intakten Familienlebens aus den Fugen. Else verließ das Haus nicht mehr, vergrub sich ins Bett, die Mutter musste her, und die Nachbarn fingen hinter vorgehaltener Hand an zu tuscheln und zu munkeln. Die Tochter verließ das Haus, das jetzt endlich abbezahlt war für ein Studium- froh der Enge der trostlosen mütterlichen Gefühle entronnen zu sein, denen sie hilflos gegenüber gestanden hatte. Und Else von Schwermut weiter geplagt, beschloss an einem Karfreitag- es war der Tag ihrer Geburt- ein denkwürdiger Tag trotz ihrer starken Religiosität, endgültig und nicht nur in Gedanken, Hand an sich zu legen. Der Mann wurde nach dem gemeinsamen Frühstück zum Zeitung holen weggeschickt. Zurückkehrend fand er seine Frau hängend am Schlaffensterrahmen vor. Sie hatte sich erhängt, so wie sie es in ihrer Not den Worten ihrer Tochter nach gemäß getan hatte, die nach ständigen Fragen danach, wie man sich denn umbringen könne, dem drängenden Fragen total entnervt nachgegeben hatte und geantwortet hatte, dass man sich am Fenster mit einem Gürtel aufhängen könne. Doch bevor Else zur Tat schritt, kam sie in der Nacht zuvor ihren ehelichen Pflichten nach, die sie seit Monaten versäumt hatte, wohl um sich von ihrem Mann zu verabschieden und vielleicht auch mit einer gewissen Spur von Liebe zu bedanken und das körperliche Verlangen ihres Mannes nach einer Frau nach ihrem Tod vorerst zu mindern. Oder wollte sie eine bleibende Erinnerung oder ein Andenken an sich schaffen? Else wurde geboren und starb an einem Karfreitag und ging den Weg ihrer Vorfahren, der Brüder ihrer Mutter. Doch nach Karfreitag folgt Ostern und die Auferstehung nach der Kreuzigung und Hinrichtung. Ob Else irgendwann die Auferstehung und Befreiung ihrer Seele feiern kann? Der Mann von Else blieb zeit seines Lebens Witwer. Zurück blieb die Tochter nach seinem Tod und das gemeinsam erwirtschaftete Haus, das jetzt schuldenfrei war! Und die Tochter von Else wurde 10 Jahre später in einem Heim für psychisch Kranke hängend am Kleiderschrank gefunden und abgeschnitten. Die Worte ihrer Mutter hatten gelautet: Versuche zu überleben, wenn du es ohne mich schaffen kannst! Das mühsam von Else und ihrem Mann erarbeitete Haus- ihr Lebenswerk, von dem sie nichts gehabt hatten an Luxus, nur Abbezahlen, wurde vom Landschaftsverband und vom Staat teils für die Heimkosten, teils vom Staat wegen fehlender Erben eingezogen. Nun herrscht endlich Seelenruhe in den Gräbern auf dem Friedhof, wo sich Else und die Brüder ihrer Mutter- allesamt Selbstmördereingefunden haben.

Das Priesterseminar

Er war jung, neunzehn Jahre alt und sehr gläubig, allein schon vom Elternhaus aus sehr religiös erzogen. Er konnte folglich nur Priester werden wollen. Von zu Hause zog er in ein Wohnheim für angehende Priester. Doch er war seelisch labil, mal himmelhochjauchzend – mal zu Tode betrübt. Er litt die meiste Zeit unter Konzentrationsstörungen, konnte sich nicht zur Ruhe begeben und lernen. Eines Tages beschäftigte er sich mit dem Gedanken, dass wir alle nackt auf die Welt kommen und fast nackt wieder gehen. Er dachte an die Nacktheit von Adam und Eva, deren Unbefangenheit und befreite sich von seiner Kleidung. Er lief nackt durch die Räume des Priesterseminars und wurde in eine psychiatrische Klinik eingewiesen. Von nun an folgten manische Phasen, in denen er sich mächtig und wichtig fühlte und dem Papst schrieb oder Prominente aufsuchte. Zwischendurch hatte er geistig-seelische Abstürze und zog sich melancholisch für Tage zurück. Dann glaubte er nichts mehr schaffen zu können, während ansonsten alles Mögliche im Rausch problemlos gelang. In seiner Wohnung sammelten sich Zeitungen von Jahren, so dass die kleine Wohnung total überfüllt war. Er dachte, er könne und müsse das alles noch lesen. Bis eines Tages sein Betreuer nach mehrfacher Aufforderung an ihn, die Zeitungen doch wegzuwerfen, seine Wohnung räumen ließ und ihn in ein Heim brachte. Die gesammelten Zeitungsexemplare wanderten sämtlich in den Müll. Nach einem Jahr war sein Zimmer im Heim wieder total mit Zeitungen überfüllt – überall, wohin man auch sah. Es gab keinen freien Platz zum Sitzen, und man musste sich seinen Weg durch Zeitungsberge bahnen, um ins Freie zu gelangen. Die Jäger- und Sammlerzeit – hier insbesondere die Sammlerzeit – schien ihm nicht fremd zu sein, nur dass er sich selbst mit der Zeit mangels Platz aus seinem Zimmer drängen wird, wenn niemand eingreift und gegen seinen massiven Widerstand die Zeitungen weg wirft. Der ewige Urlaub oder Ruhestand Als sie sechs Jahre alt war, sagte ihr ihre Mutter, wenn sie in die Schule käme, würde der Ernst des Lebens beginnen, dann sei es aus mit Lust an der Freude, am Spiel, am Leben; ihr würde der Spaß schon vergehen und sie müsse von da an bis zum Rentenalter jeden Tag ihre Pflicht tun, erst in der Schule und später auf der Arbeit. Das kleine Mädchen bekam es mit der Angst zu tun. Sie wollte einfach nur glücklich sein, ihr Leben genießen. Das leben sollte schön sein, ihr gefallen. Sie war in das Leben verliebt, ein quirliges ewig singendes und vor sich hinpfeifendes Mädchen, dass alles in sich aufsog und zu genießen und zu entdecken suchte. Als die Schule begann, wurden ihr die Spielsachen weggenommen, das Spiel würde von der Schularbeit ablenken, so die Mutter. Sie kam nicht mehr raus zu ihren Spielkameraden und durfte nicht mehr mit ihnen spielen. Von nun an war sie eine Gefangene ihrer Mutter und musste den ganzen Tag lang bis zum Schlafengehen nach der Schule Hausaufgaben machen, wobei sie die Aufgaben beim geringsten Fehler gleich mehrfach abschreiben musste. Dies ging so bis zu ihrem 14. Lebensjahr, da wurde ihre Mutter nach einer Brustkrebsoperation depressiv und überließ das Mädchen von heute auf morgen sich selbst. Das Mädchen machte nun von selbst ihre Hausaufgaben, ging aber auch raus zu ihren Freunden und Freundinnen. Die Krankheit ihrer Mutter hatte zu ihrer Befreiung beigetragen. Als die Mutter sich dann im Schlafzimmer am Fenster erhängte, das Mädchen mittlerweile zum Teenager herangereift war, wurde es über den Tod der Mutter selber psychisch krank, schwermütig wie diese. Es schaffte sein Studium der Psychologie, wollte sich und anderen helfen können. Aber als sich dann der Verlobte kurz nach dem Versagen in seinem Lehrerexamen in den Rhein von einer Rheinbrücke stürzte, wurde sie wieder erneut schwermütig. Es gelang ihr noch drei Jahre in ihrem Beruf als Psychologin zu arbeiten, dann wurde sie so ernsthaft krank, dass sie mit Selbstmordgedanken in die Psychiatrie eingewiesen wurde. Sie wurde mit Medikamenten vollgepumpt, vollgestopft, es trat aber keine Besserung ein und nach 10 Jahren Odyssee durch die Psychiatrie wurde sie berentet. Sie war jetzt Frührentnerin. Fünf Jahre nach ihrer Berentung wurde ihr klar, dass sie ja eigentlich jetzt frei sei von Arbeitspflichten, wenn ihre Krankheit sie nicht unfrei machte. Sie dachte an ihre unbeschwerte Kindheit und versuchte sich träumend an ihre damaligen Gefühle und Empfindungen, an ihr damaliges Lebensgefühl zu erinnern und dieses wieder neu zu empfinden, bis sie eines Tages ihre Schwermut nach und nach verlor, aufatmen konnte. Sie erkannte, dass sie eigentlich nun das erreicht hatte, was sie ja eigentlich immer gewollt hatte, ein freies Leben ohne Zwang und ohne Pflicht, ohne entfremdende Arbeit in selbstbestimmter Freiheit und sie beschloss ihre neu gewonnene Freiheit, ihr Rentnerdasein zu genießen, wobei sie begriff, dass Rentner und Kinder sich immer schon näher als die Erwachsenen waren, eine Koalition bilden; begreifen sie doch das Elementare, das Eigentliche des Lebens, den Sinn und Kern zu leben, um zu leben und sich zu erfreuen. Das Leben zu leben als Sinn des Lebens und sich daran zu erfreuen, erschien ihr gar nicht mehr trivial zu sein. Sie nahm fortan ihr Schicksal nicht mehr arbeiten zu können, aus der Pflicht entlassen worden zu sein, als die Fortsetzung ihres Lebens in Freiheit, dass so jäh mit der Schulzeit beendet worden war. Sie war noch einmal mit dem Leben davongekommen, für das Leben. Sie begann eine große künstlerische Karriere, die ihr durch das starre Korsett der Erziehung zur Pflicht damals versagt worden war, war doch ihr kindlicher Gesang durch das Androhen von Schläge immer im Keim erstickt worden, womit das

Schicksal letztlich sinnstiftend wirkte. Sie ist nun glücklich als befreites großes Kind, dem Leben offen zugewandt. Endlich darf sie sich selbst sein ohne Selbstverleugnung und Vergewaltigung durch die falsch verstandene Pflichtauffassung.

Der Fixer und die Angst rot zu werden oder die Geschichte von einem, der auszog, sich das Schämen abzugewöhnen.

Als es begann, war er achtzehn Jahre alt, schwamm auf der Hippiewelle der 60iger Jahre, hatte lange gelockte, für einen Jungen relativ dicke rotblonde Haare, trug Jeans und T-Shirt und gab sich den ersten Haschischpfeifen mit Schulkollegen nach Unterrichtsschluss in zur Schule nahegelegenem Park hin. Er wollte besonders sein und spürte gleichzeitig bei diesem Verlangen seine eigene Unzulänglichkeit. Er träumte davon, Sänger in einer Popgruppe zu werden oder zumindest Gitarrist. Seine Gitarre schleppte er überall mit sich mit, spielte aber immer nur ein paar Akkorde oder ein- und dasselbe Lied. In seiner Phantasie hingegen machte er gewaltige Fortschritte und hörte schon tobenden Applaus um ihn. Mädchen begannen ihn zu interessieren. Aber er war schüchtern, traute sich nur schwer ein Mädchen anzusprechen, und wenn er sich überwunden hatte, errötete er sehr schnell, brach das Gespräch ab und verschwand. Er beschloss schließlich cool zu werden. Cool werden bedeutet, seine Gefühle nicht anmerken lassen zu müssen. Außerdem muss man weiß im Gesicht bleiben und nicht rot werden. Schamesröte passt nicht zum cool sein. Bald reichte Haschisch nicht mehr aus, es wurde experimentiert, bis er eines Tages begann, sich einen

Druck Heroin zu setzen. Das Heroin machte ihn euphorisch, und er glaubte sich das erste Mal als Herr seiner Gefühle zu erleben. Und er blieb weiß, wenn er mit Mädchen redete, blieb also cool. Von nun an hatte er ständig neue Freundinnen; die einen gingen, die anderen kamen. Er war ein toller cooler Hecht, dem die Gefühle nichts mehr anhaben konnten und ihn auch nicht verraten konnten. Es war die perfekte Verdrängung durch eine Droge! Von nun an steigerte sich der Drogenkonsum. Vor dem Abitur landete er kurz nach einem Trip mit LSD in der Psychiatrie, wurde schnell entlassen und begann zu studieren. Sänger wollte er nicht mehr werden. Dafür Schauspieler, also schrieb er sich für Theaterwissenschaften ein. Er wurde wegen des steigenden Konsums zum Dealer, um seine Drogen bezahlen zu können und auch kriminell, ohne sich erwischen zu lassen; dafür war er zu abgewichst und clever, einfach zu cool. Nach 10 Jahren Konsum und nach dem Tod seines Vaters, an dem er sehr hing, entwickelte er gerade nach Abschluss seines Studiums mit 36 Jahren eine Psychose bzw. Schizophrenie. Er litt unter Paranoia, verdächtigte seine Lebenspartnerin, ihn in die Psychiatrie einweisen zu wollen, drohte ihr sie umzubringen, würgte sie und schlug sie letztlich in seinem Hass und seiner Panik und auf seinem Entzug vom Heroin krankenhausreif. Allein in der gemeinsamen Wohnung ohne Geld – die Freundin hatte den Lebensunterhalt und die Drogen für ihn mitbezahlt, saß er, er war nach dem Studium arbeitslos, tagelang auf dem Sofa. Der Kühlschrank war bald leer, er hungerte, trank nur noch Wasser, verlor seinen Hunger und schluckte, nachdem keine Codeintabletten als Ersatz für Heroin mehr da waren, 2 Packungen Paracetamol - Tabletten – insgesamt 60 Stück, verteilt auf drei Tage. Nach drei Tagen kam ein Brief von seiner Mutter mit einhundert DM. Er griff sich das Fahrrad seiner Freundin, fuhr zum Bahnhof, ließ es dort unabgeschlossen stehen und fuhr nach Dortmund mit dem erstbesten Zug. Dort kaufte er sich am Hauptbahnhof mit dem zweiten letzten Fuffi, der von dem Fahrkartengeld übrig geblieben war, einen Druck und jagte ihn sich auf der Platte vor einem Kaufhaus in die Adern seines Oberarms. Sekunden später sackte er zusammen. Andere Junkies auf der Platte riefen einen Notarztwagen, in dem er intubiert wurde. Doch die künstliche Beatmung half ebenso wie das eingesetzte Gegenmittel nicht mehr, er erstickte im Notarztwagen auf der Platte. Als seine Freundin nach ihrem Krankenhausaufenthalt in die gemeinsame Wohnung ging, fand sie einen Zettel, auf dem Stand: „Ich habe alles kaputt gemacht!" Die Freundin dachte an einen Jungen, der auszog, sich das Rotwerden abzugewöhnen und cool zu sein und den Preis für diese Gefühlsverleugnung mit seinem Leben bezahlte. Heute 10 Jahre später – wäre er wohl mit Erythrophobie als Jugendlicher bei einem Angsttherapeuten gelandet und hätte nicht die Eigentherapie durch Drogen vorziehen müssen, um letztlich für immer cool – „kalt" zu sein-körperlich und seelisch – nämlich tot und nicht rot.

Der große Klau

Er war das Kind eines Arbeiters und eines Hausmädchens zu Beginn des 19. Jahrhunderts, geboren in ärmlichen Verhältnissen. Die Kinder hatten kein Spielzeug, der Vater schnitzte Figuren aus Holzscheite als Spielzeug für die Kinder. Der Junge wollte Dentist werden, aber da sein Vater arbeitslos geworden war, konnte dieser die Ausbildung seines Sohnes nicht bezahlen, so dass dieser wie sein Vater in die Fabrik ging und schließlich Feinmechaniker wurde. Da der Junge so arm war, war er darauf verfallen, Dinge, die übrig waren, herumlagen, denen sich niemand annahm oder für die sich niemand direkt interessierte oder die der Gemeinschaft, also allen, somit auch ihm gehörten, so war seine Ansicht, heimlich an sich zu nehmen, wohl wissend, dass auch dies noch ein Diebstahl war, auch wenn er keine Person direkt, die er kannte, bestahl. So klaute er Blumen im Park für seine Mutter und Muster von Herrenparfüms in Drogerien für seinen Vater. Als er später geheiratet hatte und seine Frau im Krankenhaus wegen einer Brustkrebsoperation lag, klaute er ihrem Nachbarn, dem gerade sie operierenden Frauenarzt die Kiessteine vom Steinhaufen von dessen Vordergartenbeet und legte sie sich auf sein eigenes Beet vorm Haus. Als seine Frau aus dem Krankenhaus kam und die Steine sah, erkannte sie, dass ihr Mann sie wohl nachts unter zur Hilfenahme ihrer Tochter, die

Schmiere gestanden hatte, dem Nachbarn geklaut hatte, was ihr Mann dann auch gestand. Sie sammelte am gleichen Abend beginnend bis zum anderen Morgen alle Kieselsteine kniend mit der Hand fast einzeln wieder auf und legte sie ihrem Nachbarn, dem Arzt, der sie an der Brust operiert hatte, wieder aufs Beet. Die ganze Sache war ihr zutiefst peinlich und sie schämte sich für ihren Mann. Jahre später, als er mit Demenz im Alter von 91 Jahren halbseitig gelähmt durch einen Schlaganfall im Krankenhaus lag, und seine einzige Tochter ihn im Krankenzimmer besuchte, sollte sie auf einmal die Bilder im Krankenzimmer abhängen, was er immer wieder in heller Aufregung ihr ununterbrochen zu verstehen gab. Sie verstand erst gar nicht, wieso sie die Bilder zusammenpacken sollte. Die Bilder sollten unter die Terrasse des Hauses ihres Vaters, so stammelte ihr Vater lauthals, bis ihr klar wurde, dass ihr Vater die Bilder an sich nehmen wollte, so wie er die Steine 30 Jahre zuvor unter der Terrasse zum Teil versteckt hatte. Er sagte nämlich immer wieder, sie gehören allen, bald holen sie die anderen, die warten schon, und dann sind sie weg. „Beeil dich, schnell unter die Terrasse mit ihnen! Rief er aufgeregt und gehetzt. Er wollte keine Ruhe geben, fing immer wieder damit an. Sie hing die Bilder ab und stellte sie vor die Tür des Krankenzimmers, da er sonst keine Ruhe gab, schnell-schnell, beeil dich, die andern kommen schon, sie stehen schon da. Sie war wieder 13 Jahre alt und sah sich Schmiere stehend beim großen Steineklau, und sie erkannte ihren Vater trotz seiner Demenz in seinem Wesen ganz deutlich wieder. Das war er, der Steineklauer, ihr Vater und gleichzeitig der kleine Junge von Armut geprägt, nichts habend mit geschnitzten Holzspielzeugen seines Vaters, der sich durch das Vergreifen an Dingen der Allgemeinheit ein wenig auch in seiner inneren Erbärmlichkeit, seines Zukurzgekommenseins aufzuwerten, sich selbst zu beschenken, um auch ein glückliches zufriedenes, nicht erbärmliches verarmtes Kind zu sein. Sie sah ein Kind, nicht begreifend, dass es nicht stehlen darf, weil es glaubt, dass es sich etwas von dem großen Kuchen aller nehmen darf, weil es dieses braucht für sich, um sich ein schnelles Glück zu bereiten, ein Kind in Not sorgt für sich allein, weil es keiner tut und hofft, dass es nicht bestraft wird, heimlich an sich nehmend, hat es einen Gewinn gemacht, sich selbst ein Geschenk gemacht, was es sonst nicht von zu Hause aus bekam. Sie war traurig, ob der Armseligkeit ihres Vaters, noch in seinem Alter, entsetzt über die Klautendenz, aber auch froh, ihrem Vater in dessen Umnachtung noch ein Stückweit begegnet zu sein. Ja, triumphierte sie innerlich, das war ihr Vater und zugleich ein Kind, wenn er klaute und sich selbst beschenkte. Es war Ostersonntag abends, und sie war ihrem Vater begegnet, hatte ihn nach langer Zeit wiedergefunden, ihn nachdem sie so lange gesucht hatte und Sehnsucht nach zu Hause, nach ihm gehabt hatte.

Der Psychiatrie- und Heimaufenthalt

Sie hatte ihre Mutter und ihre beiden Verlobten durch Selbstmord verloren, jetzt war sie selbst depressiv und selbstmordgefährdet und lag mit vier weiteren Frauen auf einer Psychiatriestation in ihrem ihr zugewiesenen Stationsbett schon seit vier Jahren, dass sie nur zu den Mahlzeiten, zu den Toilettengängen und zur Arztvisite verließ. Die Muskeln ihrer Beine hatten sich in den Jahren vom vielen Liegen zurückgebildet, so dass sie Schwierigkeiten hatte zu gehen. Sie lag meistens auf dem Rücken im weiß bezogenen Klinikbett und starrte weiße gesichtslose Wände an. Die Wände wurden von ihr mit den Augen abgetastet, aber die Augen konnten nicht haften bleiben, da die Wand ohne Bilder völlig kahl war. Die Beschäftigung mit etwas, was außer ihr war, war fehlgeschlagen, sie wurde wieder auf sich selbst zurückverwiesen und musste es wieder mit sich selbst aufnehmen und sich aushalten, was das Schwerste war. Die Gedanken kreisten um Farben, Symbole, Striche auf dem Boden, die nicht betreten werden durften und sonstige verdeckte Zahlen bei Gegenständen, die sich wie im Karussell vom Wachwerden bis zum Schlafengehen in stets gleicher Reihenfolge beliebig auf, penetrant wiederholten, sich reproduzierten ohne Pause. Ein Zwang! Sie war zur Alleinunterhalterin ihrer selbst geworden. Tauchte ein Arzt auf, lief sie ihm hinterher, fragte, ob es mit ihr wohl mal besser würde, worauf der Arzt meinte, er wüsste es nicht. Ein anderer Arzt sagte, das ist chronisch und bleibt ihr ganzes Leben lang. Sie wollte gesund werden und dachte dazu müsste sie immer mehr Tabletten haben, je mehr desto besser. Von deren Einnahme versprach sie sich Gesundung. Doch das Denkvermögen wurde immer schlechter mit dem Konsum der Tabletten und der Weg aus dem Käfig, in dem sie sich geistig – in Gedanken wie der Tiger im Käfig bei Rilke drehte, versperrte sie sich zusehends damit immer mehr. So versuchte sie sich in größter Not zu erhängen mit einem Schal am Kleiderschrank, bis eines Tages eine Ärztin meinte, sie solle mal es mit weniger Medizin versuchen. Nach dem ersten Reduzieren der Tabletten ging es ihr gedanklich schon besser, sie konnte wieder denken, sich konzentrieren, der Nebel in ihrem Gehirn war weg. Mit dem Abbau der Medikamente bis auf eine geringe Erhaltungsdosis war eine gewaltige Genesung zu beobachten. Jetzt wurde ihr klar, dass sie ihre Gedanken durch Tabletten weggeschluckt und ausgebremst hatte und das ihr dies einen vier Jahre gleichbleibenden andauernden seelischen Ausnahmezustand gebracht hatte. Sie war plötzlich nicht mehr chronisch krank, davon war keine Rede bei den Ärzten mehr. Man sagte es ihr nicht direkt, aber es war wohl eine Überversorgung, eine Übermedikation an Medizin an ihrem Zustand schuld gewesen, dem sie in ihrer Gutgläubigkeit an den Wert der Medizin, ihrer Medizinhörigkeit zum Opfer gefallen war. Sie war jahrelang zugepackt worden. Denn ein Mehr bedeutet nicht unbedingt etwas Besseres, sondern der Effekt kann auch nach hinten losgehen und sich ins Gegenteil verkehren. Auch ihr Vertrauen in die Schulmedizin und die Ärzte hat sich seitdem kolossal gewandelt, indem sie jetzt alle Schritte hinterfragt, geht es doch nur sie ganz persönlich an!

Der Sündenfall

Eva gab Adam einen Apfel im Paradies vom Baum der Erkenntnis, sie wurden von Gott vertrieben. Er war mit richterlichem Beschluss in ein psychiatrisches Landeskrankenhaus gebracht worden, seine Freundin blieb allein zurück. Ostermontag ging sie über die Kirmes auf dem Marktplatz und musste einen rot kandierten Apfel am Stiel kaufen, den sie selbst wegen einer Zahnprothese gar nicht selbst essen konnte. Sie trug den Apfel in der Satteltasche ihres Fahrrades vorsichtig behütend nach Hause und stellte ihn dort aufs Anbord. Er sollte für jemanden bestimmt sein, aber für wen, das wusste sie selbst noch nicht. Es würde sich bei Zeiten der oder die Passende finden, dessen war sie sich gewiss. Als ihr Freund vier Wochen später aus der Klinik entlassen wurde und später trotz der von ihr ausgesprochenen Trennung wieder vor ihrer Haustür stand, wusste sie, dass der Apfel für ihn bestimmt war. Sie eilte ins Zimmer und zur Haustür, gab ihm den rot kandierten Apfel wie Eva Adam den Liebesapfel und läutete erneut den Beginn des Sündenfalls ein. Begann nun erneut die Fortsetzung des Elends oder des wiedergefundenen Glücks, wer wusste es? Die Fortsetzung folgt garantiert irgendwo jenseits von Gut und Böse oder überhaupt gar nicht!

Der Teufel sucht Doris heim, oder wie Doris an den Teufel geriet.

In einem kleinen Dorf im Sauerland wohnt Doris mit ihrem Freund seit vier Jahren zusammen. Doris ist mit ihrem Freund nicht verheiratet, weil im Falle einer Heirat ihre sozialen Vergünstigungen wegen der Rente ihres Freundes wegfallen würden und dieser voll für sie aufkommen müsste. Ohne Heirat haben die beiden wesentlich mehr Geld zur Verfügung, wenn man überhaupt in ihrem Fall von viel Geld sprechen kann. Dass sie laut ihres katholischen Bekenntnisses nicht mit ihrem Freund verheiratet ist, also mit ihm in Sünde zusammen lebt oder wie der Volksmund sagt in wilder Ehe belastet Doris schwer. Denn Doris ist sehr religiös erzogen worden und wurde schon im Alter von drei Jahren jeden Sonntag mit zur Messe in die Kirche mitgenommen, wo sie schon früh Ehrfurcht vor Gott bekam. War Doris mal unartig zu Hause wie kleine Kinder schon mal sind, sie wuchs bei ihren Großeltern auf, dann wurde ihr gedroht, sie käme ins Fegefeuer oder in die Hölle, wo sie der Teufel an einem langen Spieß im Feuer qualvoll braten würde. Doris hatte folglich von Kindheit an eine panische Angst entwickelt, Sünden zu begehen, für die sie der liebe Gott im Himmel strafen könnte, oder gar der Teufel würde sie stellvertretend heimsuchen und sich ihrer bemächtigen. Als Doris sechzehn Jahre alt wurde und die Hauptschule besucht hatte, wurde sie vom Jugendamt zu einer katholischen Lehrstelle nach Köln geschickt, wo man sie zur Hauswirtschafterin ausbilden sollte. Doch die Stelle wurde von einer Sekte gestellt. Doris musste bestimmte religiöse Rituale wie Rosenkranzbeten mehrmals am Tag und Messegänge verrichten. Die Sektenoberen ließen sich bedienen bei Tisch und im Bett, und Doris hatte viel Arbeit und wenig Freizeit. Protestierte sie, so wurde ihr gesagt, sie sei abgrundtief schlecht und würde schon noch vom Satan geholt werden, wenn sie nicht gehorchen würde. Sie kam aus der Einrichtung in Köln gar nicht nach draußen, war isoliert und den frommen Sprüchen der falschen sich selbst ernannten Priester und deren verbreiteten Ansichten und Vorstellungen zu Gott und Teufel ausgeliefert, wo sie schon von Kindheit an für empfänglich war. Sie wurde kurzum gefügig gemacht. Das Jugendamt im fernen Sauerland ahnte nichts von dem Treiben der falschen Priester und nahm an, dass es sich um eine religiöse Einrichtung gerade erzieherisch angemessen für ein heranwachsendes Mädchen im weltlichen und verdorbenen Köln handeln würde. Von einer Sekte hatten sie nichts gehört und wollten auch nichts von derartigen Dingen wissen, die nicht sein durften. Nach eineinhalb Jahren Lehre in der Sekte wurde Doris nachts in ihrem Bett vom Teufel heimgesucht, der sie zu Sünden verführen wollte. Alle Gebete auch der Rosenkranz halfen nicht gegen seine

Präsenz und Aufdringlichkeit. Die von ihr aufgestellten Kreuze konnten ihn nicht aus ihrem Zimmer vertreiben. Doris entwickelte Todesangst und schrie in ihrer Panik laut um Hilfe. Man solle ihre Seele vor dem Teufel retten. Der Sekte wurde Doris Gebaren lästig, sie wussten nicht mit ihr umzugehen, auch ihren Pflichten in der Lehre kam sie nun nicht mehr nach. Ein Krankenwagen wurde gerufen und Doris wurde ins naheglegene Irrenhaus gebracht, wo sie übermäßig viel Beruhigungsmittel zur Ruhigstellung bekam. Tauchte auf der Krankenstation ein Geistlicher auf, heftete sich Doris sofort an seine Fersen und fragte ihn, ob denn der Teufel sie wirklich holen wolle, ob sie ein Abgrund schlechter Mensch sei, der sündig sei und bestraft werden müsse, und ob Gott sie wegen ihrer Sünden verstoßen habe. Außerdem sollte der katholische Priester sie segnen und somit vor der Annäherung des Teufels schützen. Die massive Todesangst und die Angst vor dem Teufel ließen nach. Aber auch nach monatelangem Krankenhausaufenthalt blieben die Gedanken um Gott und Teufel erhalten. Die Kindheit war wieder in Doris lebendig geworden. Mit ihren Gedanken kam sie nicht gegen ihre Zweifel und Ängste an. Nach dem Krankenhausaufenthalt und nach Abbruch der Lehre wurde Doris zurück ins Sauerland geschickt, wo sie von nun an in eine Einrichtung für psychisch Behinderte ging. Dort lernte sie auch ihren Freund kennen, mit dem sie zusammen in eine

Wohnung zog. Wegen behördlicher Bestimmungen jedoch hätte eine Heirat so starke finanzielle Einbußen bedeutet, dass das junge Paar nicht mehr hätte sich finanzieren können und auch nicht mehr hätte zusammen wohnen können. Nun lebt Doris ihrer Meinung nach in Sündeunverheiratet- mit ihrem Freund zusammen und beichtet wöchentlich ihrem Pastor ihre Sünden und möchte vorm Teufel durch seinen Segen und durch das Weihwasser geschützt werden, denn der könnte ja wieder versuchen, sie zu holen, weil sie so schlecht, verdorben und böse war und sei. Doris könnte mit ihrem Denken, ihrem Glauben durchaus im Mittelalter leben, ist ihre Krankheit doch anachronistisch in unserer lustvoll bezogenen Welt des 21. Jahrhunderts. Ihre innere Seelenuhr ist stehen geblieben und sie wird auch im Alter mit dem Teufel zu kämpfen haben. Die Sekte gibt es heute noch und sie darf auch noch nach wie vor junge Mädchen erzieherisch ausbilden. Das Jugendamt vermittelt weiterhin Stellen für Mädchen dorthin und glaubt, dass Doris von Anfang an von ihrem Wesen aus und ihrer Natur nach zur Verrücktheit und zum religiösen Wahn neigte und somit unabänderlich für ihr jetziges Leben prädestiniert war. Im Grunde habe sich Doris alles nur eingebildet und dem Jugendamt eine Geschichte aufgetragen, alles sei gelogen. Sie habe einen Bären dem Jugendamt aufbinden wollen. Sie sei mithin- wie sie ja selbst behaupte- Abgrund tief schlecht, verdorben und eine große Lügnerin, die für die Welt, 36 weil sie so verdorben ist, verloren ist. Auch in vierzig Jahren wird Doris, wenn sie noch lebt, um ihr Seelenheil täglich angstvoll vor ihrem Gott dank der Sekte und ihrer Jugenderfahrungen in Kirchen beten und dem Pastor hinterher rennen.

Der Tod der alten Dame

Sie war 23 Jahre alt und es war ihr erster Tag auf der Chirurgiestation im Rahmen ihres Medizinstudiums in Konstanz am Bodensee. Gestern hatte sie die alte Dame, die vor Schmerzen die ganze Station zusammen schrie, versucht zu füttern. Heute sollte sie erneut die Frau füttern, weil keine der anderen Schwestern Geduld und Zeit für das Füttern aufbringen wollten. Sie war dazu abgestellt worden. Als sie im Krankenzimmer der alten Dame war, setzte sie dieser erst einmal deren dicke Brille auf, die auf dem weißen Nachttisch lag und stellte sich vor. Die alte Dame schaute sie mit großen Augen an, sagte aber kein Wort. Sie setzte die Brille ab, legte sie auf den Nachttisch und begann die alte Dame langsam löffelweise zu füttern. Sie merkte, dass die alte Dame kaum den Brei hinunterschlucken konnte und machte daher nach jedem Löffel Brei eine kleine Pause. Abgemagert bis auf die Knochen war die alte Dame, ihren Oberschenkel konnte man fast mit einer Hand umfassen. Knochenkrebs sollte sie haben und nicht mehr lange zu leben haben. Trotz der starken Schmerzen wurde sie mit den Morphiumspritzen knapp gehalten, so dass sie immer Schmerzen hatte. Die Schmerzen hörten überhaupt nicht mehr auf. Man ließ sie oft minutenlang allein in ihrem Zimmer schreien, bis man das auf den Flur dringende Geschrei nicht mehr ertragen konnte und ihr eine neue Spritze gab, worauf jeweils für eine halbe Stunde eine atemberaubende Stille auf der Station einkehrte. Außer Lauten, Stöhnen und Schreien war kein einziges Wort mehr von ihr zu erwarten. Sie war stumm. Während sie so da am Bett der alten Dame saß, hielt diese mit erstaunlichem Druck ihre Hand fest. Beim Füttern dachte sie an die alte Dame, die den Erzählungen der Station nach einmal Lehrerin gewesen war. Alleinstehend soll sie gewesen sein, was wohl stimmen musste, denn es kam niemand, weder kamen ein, ihr Mann noch ihre Kinder oder Enkelkinder. Es gab sie ganz einfach nicht. War die alte Dame eine Einzelgängerin, vielleicht sogar eine Männerfeindin als Junggesellin gewesen, zurückgezogen lebend in ihrer Wohnung nachmittags nach dem Schuldienst oder an den Wochenenden, wenn andere ausgingen und feierten. Man hatte ihr gesagt, diese ihre alte Dame, als es ihr noch besser ging, habe die ganze Station wegen ihrer Wünsche durch ständiges Klingeln traktiert, weshalb die Schwestern ihr das damalige Verhalten jetzt heimzahlten, jetzt, wo sie sich nicht mehr wehren konnte, indem sie die Frau einfach schreien und unbeaufsichtigt allein liegen ließen. Bei dem Versuch sich das hinter ihr liegende Leben dieser alten Dame vorzustellen und zu erahnen, wusste sie doch unmittelbar, dass es ihre Vorstellungen waren, deren Übereinstimmung mit der Vergangenheit die alte Dame nicht mehr bestätigen oder korrigieren konnte. Von ihr konnte sie nichts mehr über deren bisheriges

Leben erfahren. Sie hielt inne und richtete ihre Aufmerksamkeit ganz auf die alte Dame Die alte Dame atmete etwas schwerer. Sie dachte, dass diese schwer am Schlucken wäre, gar Essen in der Luftröhre steckengeblieben sein könnte, richtete sie auf und klopfte ihr heftig mit der flachen Hand auf den Rücken, um den Essensrest zu lösen. In diesem Augenblick ging plötzlich die Tür auf, die Putzfrau stand mit Wischeimer und Schrubber in der Tür und schrie laut: „ Jesses, sie stirbt!" Das Mädchen neben dem Bett bekam einen riesigen Schrecken und von panischer Angst getrieben riss sie ihre Hand aus der Umklammerung durch die Hand der alten Dame, rannte zur offenen Tür und rief laut: „Hilfe, Schwester, bitte schnell kommen, sie stirbt!" Es dauerte wohl keine Minute, nur Sekunden, da kam eine Schwester angerannt und rief die alte Dame mehrmals nacheinander mit deren Namen an. Doch die alte Dame glitt langsam ohne Halten hinüber und war, obwohl sie noch warm war, von einer Minute zur nächsten tot. Das Mädchen war geknickt, dass sie die Hand der alten Dame nicht bis zu deren Schluss gehalten hatte und sie somit nicht bis in den Tod hinein begleitet hatte. Sie hatte sich unsinnigerweise losgerissen, um Hilfe zu holen, die doch nicht mehr helfen konnte. Aber diese Erfahrung hatte sie jetzt erst gemacht und schwor sich in Zukunft anders als zuvor zu handeln. Zehn Minuten später saß sie in der Teeküche des Schwesternzimmers und rauchte gierig eine

Zigarette, die Luft bis in die Lungenspitzen kräftig einsaugend, so als ob es um ihr Leben ginge, sie gerade überlebt hätte. Doch damit war die Geschichte noch nicht abgeschlossen. Die alte Frau musste noch entsorgt werden. Die Schwestern machten die noch warme Tote fertig, sie wurde gewaschen, gekämmt, von Schläuchen befreit, erhielt ein weißes langes Hemd und wurde auf dem Rücken im Bett liegend mit einem weißen Laken zugedeckt. Die spitze Nase der Toten warf oben auf dem Laken Konturen, so dass man das Gesicht unter dem Laken erahnen konnte. Sie wurde beauftragt, die alte Dame in die Box, sprich: Leichenkammer zu bringen. Sie schaute auf die Abdrücke der Gestalt, die unter dem Laken lag und dachte daran, dass diese eben noch geatmet hatte und sogar noch warm war. Unheimlich war ihr zumute. Sie fürchtete, die alte Dame wäre gar nicht richtig tot und könne sich plötzlich vom Totenbett erheben und so fixierte sie krampfhaft den Abdruck der Nase am Laken, um eine mögliche Bewegung rechtzeitig ausmachen zu können. Sie würde wahrscheinlich schon wieder wie vorhin <flüchten und fühlte sich auch sonst schon wie auf der Flucht. Da man ihr nicht den Schlüssel für einen Fahrstuhl speziell für Leichentransporte gegeben hatte, landete sie zu allem Überdruss mit der Leiche im Küchenfahrstuhl, was sie erst daran merkte, als auf einer Etage jemand mit einem vollen Essenswagen hinzusteigen wollte. Dieser jemand schimpfte über die Leiche im Essensfahrstuhl und

beschwerte sich bei ihr über diese respektlose Sauerei. Das Mädchen war langsam außer sich. Sie wusste nicht, wohin sie schnell mit der Leiche – möglichst unbemerktverschwinden konnte. Die Situation war ihr äußerst peinlich und unangenehm und schien ihr außer Kontrolle zu geraten. Als sie endlich im Keller angekommen war, fand sie nach einigem Suchen den Leichenkeller. Als der Leichenwäscher sie mit der Leiche sah, schnauzte er das Mädchen an, der Leichenkeller sei überfüllt, er könne die Leiche nirgends lassen, sie solle die Leiche wieder mit zurück auf Station nehme, dorthin wo sie hergekommen sei. Das Mädchen war außer Atem, hatte ein hochrotes Gesicht vor Anstrengung und Scham und war nass geschwitzt. Sie hatte weiche Knie, ihr war flau und sie fühlte sich elend und krank. Sie sagte ruhig, ich lasse sie hier stehen. Ich kann sie nicht mehr mit nach oben nehmen. Sie drehte sich einfach um, ging und hörte den Leichenwäscher hinter sich schreien. Dies war der zweite Tag ihres Praktikums im Krankenhaus gewesen. Sie konnte mit niemand zu Hause über diese Erfahrungen reden, denn zu Hause hielten sie nichts von dem Beruf eines Arztes. Außerdem waren sie fast alle seelisch krank und nicht aufnahmefähig. Sie starben den lautlosen stillen inneren Tod, jeden Tag verloren sie sich ein Stückchen mehr, bis sie sich und bis sie sie nicht mehr erkennen würde.

Die Beichte, oder wie man eine Sünde begeht

Es ist Karsamstagnachmittag in einem kleinen westfälischen Ort. Für viele Katholiken steht traditionell vor dem Osterfest die Beichte an. In einer alten Kirche, wohl aus dem 17. Jahrhundert sitzen die Gläubigen ehrfürchtig in Kirchenbänken aufgereiht nebeneinander vor den jeweiligen Beichtstühlen. Nach und nach verschwinden sie im Beichtstuhl. Man sieht sie kniend im Beichtstuhl, ihren Rücken und Hinterkopf den noch Wartenden zugewandt. Ein Murmeln steigt von den Beichtstühlen in die schwere Kirchenluft auf. Es ist still, keiner wagt die Stille zu stören. Sobald die Beichte beendet ist, ist ein Kreuzzeichen bei den Gläubigen zu sehen, und sie suchen einen Platz in der Kirche, um betend ihre Buße für ihre Sünden zu verrichten. Wieder steigt ein Murmeln auf und die Lippen bewegen sich fast ohne Ton. Ein Mädchen, das wohl 12 Jahre alt sein dürfte, sitzt mit gefalteten Händen in der Reihe der auf die Beichte Wartenden vor einem Beichtstuhl. Sie ist von kindlicher Statur mit beginnenden fraulichen Rundungen und trägt einen recht kurzen fast keck wirkenden Rock sowie ein enges T-Shirt. Als sie an der Reihe ist, bewegt sie sich schüchtern - ihrer sich beginnenden Geschlechtlichkeit wage bewusst auf den Beichtstuhl zu. Erst folgen mechanisch aufgesagt die Standardsünden, die jeder wohl im Alltag begeht wie Lügen, nicht zur Messe gehen, die man aufzählt, um überhaupt etwas sagen zu können und deren Schuldbekenntnis zu einer gewissen Frömmigkeit als Katholik hinzugehört. Doch dann bricht die Litanei der Sünden beim Mädchen ab, sie schluckt und flüstert leise nach links und rechts schauend, ob wohl keiner von den auf die Beichte Wartenden etwas hören könnte. Ich hatte etwas Geschlechtliches. Nun ist es raus, was sie schwer bedrückt hat. Doch da zwischen ihr und dem Priester im Beichtstuhl hat das Fenster Löcher. Sie spürt befremdlich, wie ihr heiß der Atem des Priesters entgegenschlägt. Stille! Dann der Priester schwer atmend, fast keuchend: „Wie viele Personen waren anwesend, Männer-Frauen?" Der Priester keucht wieder, dem Mädchen wird sonderbar zumute, ihr wird angst und bange, und sie schämt sich entsetzlich. Ihr ist als ob sie ohnmächtig werden könnte, ob der Worte, die sie vom Priester gehört hatte. Alles ist ihr plötzlich ungeheuerlich. Sie und ihre Freundin hatten sich vor ein paar Wochen in ihrer Pubertät im Mädchenzimmer ihrer Freundin entkleidet und körperlich begutachtet und versucht aufeinanderliegend den Geschlechtsakt zwischen Mann und Frau zu simulieren, was jedoch nicht gelang, was an ihrer beider Unkenntnis über ihre eigenen Körperöffnungen lag, waren sie doch beide nicht aufgeklärt und hatten bis vor kurzem noch geglaubt, dass man durch einen Kuss von einem Mann ein Kind bekommen könne. So blieb es beim Aufeinanderliegen und Aneinaderreiben der Körper. Sie

42

waren so keusch und gehemmt, dass nicht einmal Zärtlichkeiten und schon gar keine sexuellen Handlungen aneinander ausgeübt oder gegenseitig ausgetauscht wurden, nur ein vorsichtiges Pressen der nackten Körper aneinander fand statt, wobei das Mädchen erstmals in ihrem Leben bewusst Erregung spürte, und dieses Gefühl nicht einzuordnen wusste. Sie hatte den Eindruck etwas Verbotenes zu tun und schämte sich sehr. All hieran dachte das Mädchen bei der Frage des Priesters. Sie ist erschrocken ob dessen Aussage, dass es sogar noch mehrere Männer und Frauen so wie sie miteinander tun können. Ihr eigenes Handeln erscheint ihr schon schlimm genug. Das Mädchen denkt, dass der Priester glaubt, sie selbst habe es mit mehreren Männern und Frauen getan. Dabei hat sie mit niemandem bisher in ihrem Leben geschlechtlich bisher verkehrt. Schlimm ist, dass der Priester ihr so etwas zutraut und dass er überhaupt so etwas Schlimmes und Verdorbenes selber denken kann und anscheinend über diese Dinge Bescheid weiß. Sie ist wie gelähmt, erstarrt, sagt kein Wort, auch keines zu ihrer Verteidigung und zur Rettung ihrer Ehre. Der Priester deutet ihr Schweigen als Zustimmung zu seiner Frage und gibt ihr eine Buße auf. Drei „Gegrüßet seist du Maria" soll sie beten und drei Vaterunser und sich in Zukunft rein halten. Das Mädchen verlässt den Beichtstuhl und bewegt sich n Richtung Kirchentür. Dabei dreht sie sich um, weil sie bohrende Blicke in ihrem Nacken und auf ihrem Körper spürt, und sie sieht, dass der Vorhang vor dem Beichtstuhlfenster zur Seite gezogen ist. Sie schaut in das verschmitzte rötliche Gesicht des ältlichen Priesters, der ihr aufdringlich und verhalten nachschaut. Ohne Buße verlässt sie jetzt schneller werdend die Kirche mit weichen Knien. Es war die letzte Beichte im Leben dieses Mädchens, das von nun an ohne religiösen Beistand auf dem Weg zur jungen Frau war.

Die Betreuung oder der Versuch seine Eigenverantwortung zu wahren

Es fing damit an, dass sie hin und wider Sachen in ihrer Wohnung verlegte und ihr Gedächtnis sie bei einigen Namen im Stich ließ. Ihre Kinder sorgten sich und luden sie zu sich nach Bochum ein. Dort sollte das Gedächtnis überprüft werden, ob es altersgemäß sei oder ob sich ein krankhafter Vergessensprozess anbahne. Auf dem Weg in die neurologische Klinik jedoch stürzte sie, als sie einen Hang mit Kies hinaufgehen wollte, weil sie ins Rutschen kam. Dabei zog sie sich eine Gehirnerschütterung zu und brach sich das linke Handgelenk beim Fallen, weil sie sich auffangen wollte. Diese Ereignisse hatten eine kolossal schlechte Auswirkung auf ihr Gedächtnis besonders die Gehirnerschütterung, was ihr jedoch nicht bewusst war. Zurück in ihrer Wohnung in Westfalen beschloss sie neuropsychologische Tests für Demenz in einer nahe gelegenen Klinik zu machen, um abzuklären, ob sie in Begriff sei an Demenz zu erkranken. Sie war sichtlich irritiert und voller Angst. Als sie die Tests gemacht hatte, wollte sie wieder nach Hause. Doch sie kam auf die geschlossene Abteilung der Gerontopsychiatrie, da sie uneinsichtig sei und mit ihrer linken Gipshand Auto fahren wolle, wobei eine Fremd- und Eigengefährdung vorläge, die eine zwangsweise Unterbringung rechtfertige. Sie selbst wäre gern Auto gefahren, fühlte sich aber zu unsicher, um s tatsächlich zu unternehmen. Der Richter kam, eine gerichtliche Betreuerin wurde bestellt. Sie wusste nicht, wie ihr geschah. Plötzlich bestimmten andere Leute über sie, verfügten über sie, schrieben ihr Dinge vor, die sie zu tun hatte. Sie wurde nicht mehr nach ihren eigenen Bedürfnissen und Wünschen gefragt. Panisch rief sie vom Patiententelefon ihre Kinder und Bekannten an. Sie sollten sie befreien, herausholen aus der Psychiatrie. Nachdem alle Versuche gescheitert waren, sie herauszuholen, wurde sie nach sechs Wochen Aufenthalt entlassen. Die Betreuerin blieb ihr gegen ihren Willen erhalten. Sie musste diese noch bezahlen und kam nicht mehr an ihr eigenes Geld und was sie bekam, wurde eingeteilt und zugeteilt, sollte es doch einmal noch für ihre eigene Beerdigung reichen, die nicht auf Staatskosten sein dürfte laut ihrer Betreuerin. Sie fühlte sich extrem unfrei. Aber die Ärzte in ihrer westfälischen Stadt, die sie um Hilfe bei der Auflösung der Betreuung bat, unterstützten sie nicht. Sie beantragte bei Gericht schließlich die Aufhebung ihrer Betreuung. Es kam zum Prozess, in dem der Gutachter ihr volle Einsichtsfähigkeit zuschrieb und die Betreuung aufgelöst wurde, dabei darf nicht vergessen werden, dass der Gutachter ein guter Freund und Arzt ihres ebenfalls in der Gerontopsychiatrie arbeitenden Sohnes aus Bochum war. Aber der Psychiatrieaufenthalt und die Betreuung hatten Spuren in ihrer Selbstsicherheit hinterlassen, sie fühlte sich gedemütigt, fassungslos, dass ihr dies widerfahren war und konnte nur schwerlich nicht an diese leidvolle Geschichte denken. Die Irritation und die fehlende Übersicht übe4r ihr Vermögen, in welches sie keine Einsicht für mehrere Monate gehabt hatte, weil die Betreuerin alles Finanzielle geregelt hatte, führte dazu, dass sie nicht mehr bei ihren Vermögensverhältnissen durchblickte. Sie rief verschiedene karitative Vereine an und bat um Hilfe, sie fühle sich überfordert und könne ihre Angelegenheiten nicht erneut regeln, was dazu führte, dass ein Verein einen Betreuer bestellte, wo sie doch nur kurzfristige Hilfe gesucht hatte. Heute wird ihr Geld wieder von einem Betreuer verwaltet, ihre Wohnung hat der Betreuer aufgelöst, sie lebt jetzt in einem Seniorenheim und verfügt über ein ganz geringes Taschengeld. Sie hat ihre Wünsche, sich selbst verloren, ihre Freiheit, Ihre Verantwortung für sich selbst aufgegeben und wird jetzt verwaltet und ihr Leben wird jetzt gemacht. Sie wird sich nicht damit abfinden können, immer wider ihr Hirn nach dem Warum martern und für den Rest des Lebens unglücklich sein. Aber stolz ist sie, dass sie einmal den Prozess gegen ihre Betreuung gewonnen hat und träumt von einem neuen erfolgreichen zweiten Prozess gegen ihre jetzige letzte Betreuung, den sie trotz ihrer Demenz fest zu gewinnen glaubt.

Die Diagnose

Ort: Münster – Augenklinik der Universität: Auf dem Flur vor dem Behandlungszimmer sitzt allein ein 16-jähriges Mädchen mit langen dunkelblonden Haaren. Auf ihrer zierlichen Nase sitzt eine Brille mit dicken schweren Gläsern, deren Prismen bläuliche Reflexe schlagen. Daneben sitzt eine Frau um die vierzig mit herunterhängendem linkem Augenlid. Die Tür des Behandlungszimmers öffnet sich langsam, der Herr Professor der Augenklinik persönlich- eine Koryphäe- erscheint im weißen Kittel. Der nächste bitte! Das Mädchen guckt sich um, niemand steht auf. Endlich steht sie auf und nähert sich langsam mit Bedacht der Tür. Sie geht hinter dem Professor hinein und wird gebeten, sich auf den Untersuchungsstuhl zu setzen. Der Professor bittet das Mädchen, die Brille abzusetzen und schaut sich die Augen mit verschiedenen optischen Geräten prüfend an, dabei sagt er zum Mädchen: „Was für selten schöne Augen. Du hast aber leider auch so kaputte. Die Diagnose wird in den Raum gestellt und bleibt stehen: Maligne Myopie. Der Assistent des Professors, ein junger angehender Arzt nickt, fängt die Worte auf und schreibt sie in eine Karteikarte. „Sie werden immer schlechter sehen und mit ihrem 19. Lebensjahr erblinden. Werden Sie Blindenlehrerin, wenn sie studieren wollen, richten Sie Ihren Beruf nach den Augen aus! Gehen Sie viel im Wald spazieren, schauen Sie sich Grünes an, lesen sie wenig und schauen Sie wenig fern, das schont die Augen! Vielleicht können Sie die Verschlechterung der Augen zeitlich etwas hinauszögern. Leider kann ich nichts mehr für sie tun!" Der Professor ergriff die Hand des Mädchens, drückte diese und wünschte alles Gute! Das Mädchen verabschiedet sich fast lautlos wie in Trance, schließt die Tür des Untersuchungszimmers in dem großen Flur der Uniklinik mit den vielen Türen und den namenlosen Gesichtern und deren Geschichten leise. Sie fühlt sich verloren oder ist sie gar verloren? Der Bau ist alt; es riecht nach Kernseife wie früher bei ihrer Großmutter, wenn sie als Kind bei ihr zu Besuch war. Es kommen Erinnerungen an Zeiten auf, in denen sie sich geborgen fühlte und als noch die Welt in Ordnung zu sein schien. Sie nähert sich dem Ausgang. Draußen hat ein leichter Nieselregen eingesetzt, es ist Anfang Mai, noch recht kühl für die Jahreszeit, aber die Bäume und Sträucher blühen schon. Das sieht das Mädchen jetzt ganz genau und bestaunt die Blütenpracht. Sie ist unentschlossen, ob sie sofort nach Hause mit der Bahn fahren soll. Wo soll sie sonst hin? Aber die Mutter ist ja in der Nervenklinik seit Weihnachten, der Vater auf der Arbeit! Niemand wartet zu Hause! Sie hat Zeit! Sie hält inne. Vor der Klinik steht eine Holzbank unter einem Kirschbaum, der blüht. Das Mädchen spannt ihren Regenschirm auf und setzt sich unter diesen Baum auf die schon etwas nasse Bank, die Augen in die Ferne gerichtet und wie betäubt nach Antwort suchend. Sie sitzt kerzengrade aufrecht – mit Rückgrat. Das soll Kraft und innere Stärke und Achtung ihr verleihen, sie will sich nicht hängen lassen, nicht innerlich und nicht äußerlich. Heftig führt sie einen Dialog mit sich, der von den Passanten und Besuchern der Klinik nicht zu verstehen ist: „Nein, ich werde mein Leben nicht beschneiden und auf das eines baldigen Blinden einschränken. Ich werde solange ich mit meinen Augen sehen kann, alles mitnehmen, was ich mitnehmen kann. Nein, keine Schonung der Augen werde ich wie bei einem Kranken vornehmen. Ich werde mit meinen Augen, solange es geht, alles aufsaugen, was mir an Eindrücken begegnet. Und wenn die Augenlichter erlöschen und nichts mehr als Dunkelheit hergeben, werde ich mich all der schönen Dinge meines Lebens erinnern können. Oder sollte ich mich mit der Erinnerung nicht zufrieden geben und den erlösenden Tod aus der Blindheit wählen?" Das Mädchen denkt innerlich laut und fest, wie um sich etwas bewusst und klar zu machen. Sie braucht keinen Zuhörer. Hier auf der Bank wird etwas mit sich ausgemacht, was für die kommende Zeit gelten solleine Richt- und Wegschnur fürs Leben! Der Gedanke an einen möglichen selbst gewählten Tod, um im letzten Moment der Blindheit zu entkommen, ist da, wird aber letztlich in seiner Entscheidung auf den Zeitpunkt der Erblindung vertagt. Dann wird sich neu entschieden! Bis dahin wird bewusst geschaut und gelebt! Um die Holzbank haben sich große Wasserlachen gebildet, die nicht so schnell, wie es regnet, in die Erde versickern wollen. Das Mädchen schaut in die Ferne, dann auf ihre Uhr. Es sind zehn Minuten im Regen auf der Bank vergangen. Die Kirschblüten rieseln vom Regen gewaschen von den Ästen zu Boden. Sie liegen überall! Ein Blütenmeer! Es sieht aus, als ob es geschneit hätte, nur rosarot!. Das Mädchen ist verzaubert, die Welt wieder in die Fugen gerückt. Gleich fährt der Zug nach Hause. 4 Jahre später: Dasselbe Mädchen, inzwischen eine junge Frau von zwanzig Jahren sitzt auf ihrem Sofa und liest. Die Brille hat dickere Gläser bekommen, aber dennoch sieht sie alles deutlich! Die Mutter ist tot, der Vater ist Rentner! Ein Besuch beim Augenarzt in der Uniklinik Münster steht wieder an. Dieselbe Klinik, davor dieselbe Holzbank, dasselbe Untersuchungszimmer, derselbe Professor. Das Mädchen oder die junge Frau ist wieder oder immer noch allein an diesem Ort. Der Professor spricht: „Wir haben uns geirrt! Sie leiden wohl doch nicht - wie wir angenommen haben - an der bösartigen Form der fortschreitenden Kurzsichtigkeit, die zur Erblindung durch Netzhautschäden führt, denn sonst wären Sie ja schon erblindet! Sie werden wohl doch nicht blind werden. Wir wünschen Ihnen alles Gute! Derselbe Abschiedsspruch wie vor vier Jahren, nur mit entscheidend anderer Perspektive!" Die junge Frau mit den noch immer dunkelblonden Haaren und der Brille mit den noch dickeren Gläsern auf der kleinen schmalen Nase, die das Gewicht der Gläser kaum tragen kann, bedankt sich still und geht schweigend allein davon. Draußen steuert sie die alte Holzbank an, setzt sich und atmet tief durch. Ihr Blick geht in die Ferne. Sie ist endlich bei sich angekommen- mit ihrer Vergangenheit und prophezeiten Zukunft mit sich im Reinen!

Die Familie der Schlitzohren

Gern erzählt er, der heute Großvater und 85 Jahre alt ist, von seinen Erlebnissen im Leben. Geboren wurde er 1884 in Soest, einer kleinen westfälischen Stadt. Seine Familie, womit sein Sohn und seine Enkeltochter gemeint sind, und er zeichneten sich dadurch aus, dass sie allesamt Schlitzohren waren, wie der Volksmund gerissene Burschen nennt. In der späten Jugendzeit nach unauffälligem Schulbesuch erhält der Großvater 10000 Goldmark aus dem Erbe seines Vaters, die er mit Freunden und Bekannten in Städten wie Köln und Frankfurt und auch Soest durch Saus und Braus verschleudert. Er durchstreift Städte, nimmt Gelegenheitsjobs an in Fabriken und bei verschiedenen Kaufleuten, macht sich mit einem Kiosk gegenüber der Frankfurter Universität selbständig und verkauft an die Studenten Zigaretten, Zigarren und Bier. Gelegentlich besucht er ohne Abitur gemacht zu haben, Vorlesungen und Seminare an der Universität in Frankfurt, wo sein Bruder Josef ein nobles Ausflugslokal in der Nähe der ersten Autobahnstrecke hat. Wird er pleite, packt er aus Angst vor dem Fiskus bei Nacht und Nebel in Windeseile seine geringe Habe und zieht in eine andere Stadt, einen Berg Schulden hinter sich lassend. Laut seinem Sohn Siegfried landet der Großvater nach Jahren wieder in Soest und ist schwer dem Alkohol zugetan. Seine Frau Else, die er vor der Heirat auf einem

Heuboden geschwängert hat, nachdem er einen aufdringlichen Bewerber seiner Frau auf der Fahrt nach Soest auf Bitten seiner Frau verdrängte, stand plötzlich mit Kind, seinem Sohn Siegfried vor seiner Tür und verlangte zwanzigjährig die Heirat. Es wurde geheiratet, der Großvater vom Schnaps entwöhnt, dem Suff entrissen dank seiner Frau und in die Fabrik zum Arbeiten geschickt. Danach führte der Großvater ein bürgerliches Leben. Außer Karl Marx-Schriften während der Hitlerzeit unter den Kohlen gelagert im Keller heimlich zu lesen und gelegentlichen obszönen sexuellen Sprüchen, die auf ein zurückliegendes ausschweifendes Leben schließen ließen, war er fast vorbildlich. Nur hin und wider überkam es ihn, und er musste zum Wildern in den Wald. Das Wild wurde mit Autoscheinwerfern von Autos einiger Kumpanen im Arnsberger Wald nachts geblendet und abgeschossen. Es tauchte wohl sogar die Polizei zu Hause auf, denn sie hatte Verdacht auf Wilderei geschöpft. Doch dank seiner Frau war alles rechtzeitig aus dem Haus gebracht, so dass man nicht fündig wurde. Er ahmte Wildschweine bei der Jagd mit seinen Freunden lautlich nach und versetzte diese ins Bockshorn und in einen Jagdrausch, wovon er später im Alter unter Freunden gern erzählte. Er war aber auch musikalisch veranlagt, spielte ein einziges Lied und zwar von Schubert "Sah ein Knab ein Röslein stehn" auf fünf verschiedenen Instrumenten. Seiner Enkeltochter brachte er, als diese fünf Jahre alt war, die Tonleiter bei. Sonntags um 11.00 Uhr bekam er einen Wacholderschnaps, den er vorsichtig nippend trank. Seine Frau hatte den Schlüssel vom Schnapsschrank an ihrer Schürze hängend gut und sicher vor möglichem zukünftigem Suff verwahrt. Er stirbt unruhig, ungläubig als Marxist, wehrt sich bis zuletzt gegen seinen Tod und erhält vor seinem Tod gegen seinen Willen auf Wunsch seiner religiösen Frau die letzte Ölung durch einen Priester, den er laut als Pfaffe beschimpft, der zum Teufel gehen soll. Im Jahre 1996, 27 Jahre nach seinem Tod, sein Sohn Siegfried ist gerade achtzig Jahre alt geworden, meldet sich bei diesem Besuch aus Erftstadt bei Köln gelegen an. Nun erfährt Siegfried, dass er Onkel von Dorothy und Babs ist, die er zum ersten Mal bei einem Kaffee bei sich zu Hause sieht. Dorothy und Babs eröffnen ihm, dass sein Vater zweimal verheiratet war und einen Halbbruder aus Großvaters erster Ehe hat. Der ebenfalls zweimal verheiratet war, einmal in Amerika und einmal in Köln. Nun hat Siegfried plötzlich amerikanische Verwandte aus Florida und Bekannte aus Erftstadt bei Köln. Weiterhin erfährt er, dass sein Vater mit seiner ersten Frau in Köln ein Haus hatte. Seine Tochter hat in Köln studiert, und ohne es zu wissen drei Häuser weiter als Großvaters Haus gewohnt. Bei starkem Regen stand sie oft in dem Türeingang von Großvaters Haus in Köln, nichtsahnend, warum es sie immer wieder nach Köln zog, obwohl ihr die Stadt wegen der Eingebildetheit der

Bewohner ob ihrer Stadt und deren Geschichte gar nicht gefiel und ihr bis zum Wegzug fremd blieb. Nun wird dem Vater Siegfried klar, warum sich sein Vater gegen ein „h" in seinem Namen wehrte, wurde dieser wohl zur Zeit seiner ersten Ehe mit „H" geschrieben. Der Großvater muss wohl Hals über Kopf Köln, sein Haus und seine erste Frau samt Schulden verlassen haben. In seiner alten Heimat heiratet er, ohne geschieden zu sein mit seinem Namen ohne „H", dass er in seinen Urkunden tilgt, seine zweite Frau und ändert seine Identität. Weder seine zweite noch seine erste Frau erfahren voneinander. Für die erste Frau ist er unauffindbar und für seine zweite Frau existiert keine andere, sie hält sich für die erste und legitime Gattin ihres Mannes, wundert sich nur darüber, dass ihr Mann, empfängt dieser Post mit dem Familiennamen mit „H" sichtlich nervös reagiert und ganz ärgerlich wird, und sich weigert die Post anzunehmen. Seine erste Frau in Köln gibt die Suche nach Jahren auf und erzählt ihrem Sohn, der Vater sei tot. Erst die Tochter des Sohnes aus zweiter Ehe der ersten Frau findet im Nachlass der Großmutter den Namen ihres Großvaters. Sie forscht nach und findet heraus, dass der Großvater in Soest beerdigt wurde und dort im Grab mit seiner zweiten Frau Else liegt. Aber der gemeinsame Sohn der beiden, Siegfried ist noch da. Siegfried muss von dieser Tochter besucht werden, weiß er doch noch nicht, was für ein Schlawiner der schon früh tot geglaubte Großvater war und ist er doch der letzte überlebende Zeuge seines Vaters. Nun sitzen Siegfried und seine Nichte sich gegenüber, der Großvater und der Halbbruder von Siegfried sind längst verstorben, und Siegfried erzählt, was er von seinem Vater noch alles weiß. Er weiß vieles, nur dass dieser zweimal verheiratet war, dass weiß er nicht. Da wusste keiner! Der Großvater hat dieses sein Geheimnis bis zuletzt mit ins Grab genommen. Auch die Tochter des Halbbruders von Siegfried aus erster Ehe ist aus Florida angereist. Familienphotos werden erstmals mit ganz neuer Besetzung gemacht und Siegfried glaubt nun endlich zu wissen, warum auch er wie sein Vater und laut der Leute auch seine Tochter ein Schlitzohr sein soll, sind sie doch wohl die Familie der Schlitzohren.

Die letzte Zigarette

Als ihre Mutter schwer depressiv war, war sie gerade erst mal 13 Jahre alt und am Beginn ihrer Pubertät. Sie brauchte ihre Mutter noch als Stütze zum Bewältigen ihres Lebens und merkte doch gleichzeitig, wie diese ihr immer weniger Halt geben konnte und sich auf sich selbst zurückzog. Ihre Mutter war von einer Gelegenheitsraucherin zu einer Kettenraucherin in ihrer Krankheit geworden, und sie als Tochter saß oft in deren Zigarettenrauch, bekam schlecht Luft und musste oft husten. Schon als kleines Kind schwor sie sich, dass sie nie rauchen würde wie ihre Mutter, wenn sie Kinder hätte. Als die Krankheit ihrer Mutter nicht besser wurde, sie immer mehr Pflichten der Mutter übernehmen musste, sich überfordert fühlte, und sie nicht mehr wusste, wie sie ihrer Mutter helfen sollte und der Haushalt und die Schule und ihr eigenes Frauwerden nicht mehr zu bewältigen wusste, alles wuchs ihr über den Kopf und schien ihr zu entgleiten, wünschte sie sich tot zu sein, einfach nicht mehr da zu sein, nicht mehr das Elend mit ihrer Mutter, der Arbeit und der wenigen Freudeertragen zu müssen. Sie war mittlerweile 16 Jahre alt. Ihre Mutter wollte seit 3 Jahren täglich tot sein, sie jetzt auch. Sie überlegte, wie sie sich umbringen könnte, war aber nicht in der Lage dazu. Aber sie wollte sich schädigen, auch weil sie sich die Schuld daran gab, dass ihre Mutter krank war, und sie ihr nicht helfen konnte. Also fing sie an zu rauchen und dachte, damit schädigst du dich und wirst daran sterben, wenn auch nicht sofort, so doch in fernerer Zukunft. Als ihre Mutter dann sich im Schlafzimmer am Fensterrahmen nach drei weiteren Jahren erhängte, war auch sie zur Kettenraucherin geworden und blieb es bis zu ihrem 49. Lebensjahr. Sie fand ihren Lebenswillen nicht mehr wieder, wollte ja irgendwie teils bewusst, teils unbewusst nicht mehr leben, tot sein, auch wenn ihr ihr früheres Motiv zum Rauchen beim Rauchen nicht immer bewusst, präsent war. Die Abhängigkeit vom Nikotin war noch hinzugekommen, was das Aufhören zusätzlich schwer gemacht hatte, auch wenn sie ihren Vorsatz geändert hätte. Sie starb als sie 49 Jahre alt war an Lungenkrebs, 30 Jahre später nach dem Selbstmord ihrer Mutter, an Traurigkeit über deren Krankheit und Verlust, an gebrochenem Lebenswillen. Ihr Plan war nicht korrigiert worden und er ging auf, auch wenn sie selbst später oft nicht mehr unmittelbar wusste, weswegen sie angefangen hatte zu rauchen und ihre abgrundtiefe Trauer nur manchmal leicht erahnte. Sie hatte es mit zeitlicher Verzögerung geschafft, sich umzubringen. Es war ein geplanter Tod auf Raten, eine sich selbst erfüllte Prophezeiung.

Die Stellvertreterin

Sie hatte ihren Freund durch Selbstmord verloren und mehrere Jahre auf einer Station in der Psychiatrie verbracht. Als keine Besserung ihrer Krankheit eintrat, musste sie in ein Heim gehen, wo eine rundum Betreuung gegeben war. In dem Heim war sie in einem kleinen Zimmer untergebracht, während zur gleichen Zeit zu Hause bei ihrem betagten Vater eine ganze Wohnungsetage ihr zur freien Verfügung stand, in der sie es aber nach mehrfachen Wohnversuchen mit sich selbst nicht aushielt. Die schlechte Stimmung und ihre Niedergeschlagenheit verließen sie jedoch nicht, sie waren ihre ständigen Begleiter tags wie nachts. Einen missglückten Selbstmordversuch hatte sie gerade hinter sich. Sie hatte versucht, sich mit einer Schnur vom Fensterrollo am Kleiderschrank zu erhängen, was nur dadurch vereitelt worden war, weil die Rolloschnur gerissen war, als sie schon blau war, und sie zu Boden stürzte in ihrem Zimmer. Bei dieser Aktion hatte sie Todesangst bekommen und als sie so da oben hing, versucht sich mit den Händen aus der Schlinge zu ziehen. Aber ihr Gewicht war zu schwer, um sich aus der Schlinge zu ziehen. In der Not hatte sie noch eingenässt. Der warme Urin war ihr die Beine heruntergelaufen. Sie hatte danach wie benommen auf dem Fußboden gesessen und nach Luft gerungen. Um ihren Hals herum war die tiefe Einkerbung der

Rolloschnur rötlich im Fleisch zu erkennen und schmerzte und brannte. Sie suchte nach ihren Zigaretten und rauchte erst einmal gierig eine Zigarette, deren Rauch sie so tief wie möglich einatmete, als ob es um ihr Leben ging. Sie wurde sich jetzt unangenehm ihrer Nässe bewusst. So entkleidete sie sich, bis sie nackt war, wusch ihren Körper von oben bis unten mit kaltem Wasser ab, was gut tat. Sie konnte ihren betäubten Körper wieder spüren, er lebte noch. Dann zog sie frische Unterwäsche und neue saubere Kleidung an. Um ihren Hals schlang sie ein Halstuch um die Körpermale ihrer Tat zu verdecken und setzte sich an den Abendbrottisch in der Küche zum gemeinsamen Abendessen mit den übrigen Heimbewohnern. Niemand merkte ihr etwas an. Am nächsten Morgen stand eine Routineuntersuchung beim Hausarzt des Heimes in der Stadt an. Sie musste sich entkleiden und wurde von oben bis unten untersucht. Dabei musste sie auch ihr Halstuch abnehmen. Der Arzt fragte, woher die Male am Hals stammen würden. Sie stellte sich unwissend, gar dumm, sagte, sie wüsste es nicht. Der Arzt sagte nichts. Als sie nach der Untersuchung wieder im Heim war, beschloss sie ein Bad zu nehmen und suchte das Badezimmer auf ihrer Etage auf, in dem sie sich einschloss und badete. Plötzlich hörte sie ein starkes Klopfen und Rufen an der Badezimmertür und erkannte die Stimme ihrer Bezugsbetreuerin im Heim, sie solle sofort die Tür aufmachen. Sie war noch nicht ganz aus der Badewanne aufgestanden, da flog schon mit Krach die Badezimmertür auf und die Betreuerin stürzte herein. Sie zeigte auf den Hals ihrer zu Betreuenden und sagte, was ist das denn? 8ie bekam keine Antwort von ihr. Gib es zu, du wolltest dich umbringen! Womit hast du denn versucht dich zu erhängen? Gib mir sofort die Schnur! Wenn du mir nicht versprichst, dass du das nicht noch einmal machst, kommst du wieder in die Psychiatrie, sagte die Betreuerin erregt. Sie wollte nicht in die Psychiatrie, also sagte sie, sie würde es nicht wieder tun, ja sogar schwören wollte sie, obwohl sie insgeheim schon wieder den nächsten Versuch am Planen war. Sie stieg aus der Badewanne und zog sich an. Zusammen mit der Betreuerin gingen sie ins Heimbüro, wo sie ein Schreiben unterschrieb, dass sie nie mehr während ihres Aufenthalts im Heim versuchen würde, sich das Leben zu nehmen. Daran musst du dich jetzt halten, sagte die Betreuerin, du hast es versprochen. Sie hatte es versprochen, musste aber dass sie ihr Versprechen nicht halten konnte, war sie doch dazu genötigt worden. Sie dachte, was können die schon ausrichten. Wenn ich mein Versprechen gebrochen habe und tot bin, kann man mich sowieso nicht mehr belangen. In ihrem Heimzimmer sitzend überlegte sie, wie man sich möglichst schmerzlos umbringen könne. Auch sollte der Versuch nicht beim Versuch bleiben, sondern sollte endgültig tödlich enden. Sie hatte sich überlegt, von einem Balkon vom zehnten Stock eines

Hochhauses zu springen, denn sie hatte in der Tageszeitung im Heim erst vor wenigen Tagen gelesen, dass ein Kind aus dem zehnten Stock beim Spielen gefallen war, auf den Beton am Boden aufgeschlagen war und sofort tot war. Sie wollte zum Hochhaus in ihrer Nähe gehen, an der Schelle für eine Wohnung im zehnten Stock klingeln und dort oben angekommen, dem Mieter der Wohnung sagen, sie würde demnächst auch hier oben einziehen und wolle mal gucken, ob sie die Höhe vertragen könne. Deswegen müsse sie mal eben auf den Balkon und ihre Schwindelgefühle testen. Wäre sie erst mal auf dem Balkon, wäre alles ein leichtes Spiel, und sie würde ihr Programm herunterspulen. Mit diesem ihrem Plan im Kopf schlief sie seelenruhig ein, schlief wie ein kleines Kind ohne Alpträume. Als sie am nächsten Tag die Zeitung am Frühstückstisch aufschlug, stand dort ganz groß geschrieben, mit fetten Buchstaben, dass sich eine Frau des Lebens überdrüssig vom Balkon des Hochhauses gestürzt habe und sofort tot gewesen sei. Sie war völlig aufgeregt, wie konnte das sein. Das war doch nicht ich, sagte sie sich. Ich bin doch noch da und lebe noch. Trotz ihres inneren Aufgewühltseins spürte sie eine ganz große innere Erleichterung und eine wohlige Wärme, die durch ihren ganzen Körper zog, sie war frei, wunderbar entspannt und wie neu geboren. Sie brauchte sich nicht mehr umzubringen, jemand hatte sich schon für sie stellvertretend umgebracht. Sie beschloss ihrer

Lebensretterin zu danken, indem sie mit zu deren Beerdigung ging und wusste, ihre Vergangenheit wird mit beerdigt. Sie stellte Blumen auf das Grab der ihr unbekannten und gedanklich doch so vertrauten toten Frau, spürte den Hauch des Lebens in jeder Pore ihres Körpers. Sie war gestorben und neu geboren worden zugleich. Sie wusste, sie würde ihr restliches Leben jetzt genießen können dank ihrer Stellvertreterin.

Die Verarschung oder unter dem Asphalt liegt doch das Meer

Sie war jetzt schon zwei Jahre ohne feste Arbeit. Die Jobs, die sie zwischendurch ohne große Freude erledigte, bestanden aus Prospektverteilen und Putzen. Sie hatte sechs Jahre studiert, das Studium abgeschlossen, eine aufbauende dreijährige Praxistätigkeit absolviert und ihre Doktorprüfung erfolgreich abgelegt. Aber sie hatte ihre zwei Männer, mit denen sie jeweils zuerst einmal sieben und dann fünf Jahre zusammengelebt hatte, durch Selbsttötung verloren. Krank, depressiv war sie danach für fast zehn Jahre gewesen; es hatte nicht besser mit ihr werden wollen in all jenen Jahren. Sie verlor ihre Arbeit, in der Klinik als chronisch krank austherapiert, d.h. ohne Besserung in weiterer Zukunft, kam sie in ein Heim, wurde schließlich berentet, erhielt erst eine Zeitrente für zwei Jahre und da sich der Zustand nicht besserte eine Rente auf Lebenszeit. Die Ärzte sagten, es wäre keine Besserung mehr in Sicht, der Zustand, in dem sie sei, würde ihr ganzes Leben lang andauern. Doch sie gab die Hoffnung auf Besserung, die eines Tages eintreten sollte, nicht auf, war doch der Zustand für sie jeden Tag fast unerträglich. Und eines Tages nach zehn Jahren spürte sie plötzlich ohne irgendeinen Anlass eine flüchtige, kurze vorübergehende Spur an Besserung, die sich in einer gewissen Leichtigkeit des Denkens und

Fühlens und einer Erleichterung in ihr breit machte. Etwas tat sich in ihr, der Anfang einer Änderung war gemacht, denn es bewegte sich etwas, die Gleichgewichte verschoben sich in ihr, und sie gewann den Eindruck, dass von nun an eine stetig sich steigernde Verbesserung eintreten würde. Sie verließ das Heim gegen den Rat der Heimleiterin, als es ihr besser ging, um ihren Vater, der an Alzheimer Demenz litt zu pflegen, damit er nicht auch noch ins Heim musste und um das kleine Familienheim vor dem finanziellen Ruin zu retten. Anfangs war sie noch unsicher und ängstlich wegen der Verantwortung, die sie für sich und ihren Vater übernommen hatte, hatte sie doch vorher nicht einmal die Verantwortung für sich selber getragen und hatte immer beratende Betreuer im Heim gehabt, die ihr zur Seite gestanden hatten. Sie fühlte sich wie nach einer Geburt als ein Neugeborenes, dass seine ersten wackeligen Schritte machte. Manchmal war ihr wegen der jetzt großen Lebensaufgabe ganz schwindelig im Kopf. Sie war unsicher, ob sie ihre sich selbst auferlegten Pflichten auch schaffen könnte, denn es fehlte von einem Tag auf den anderen plötzlich die tägliche Betreuung, die sie im Heim genossen hatte, so schlecht, wie es dort auch war. Nun war kein Ansprechpartner bei Unsicherheiten mehr auf Abruf verfügbar. Doch ohne ihre Hilfe wäre der Vater ins Heim gekommen und das kleine Häuschen, das er sich mühsam als Arbeiter vom Mund jahrelang abgespart hatte, wäre langsam für die Heimunterbringung und dortige Verpflegung drauf gegangen. Wäre sie eines Tages aus dem Heim entlassen worden, wäre das Häuschen weg gewesen, sie hätte keine Heimat, keine Anlaufstelle, keinen festen Punkt mehr in ihrem Leben gehabt, hätte zur Miete in einer fremden Wohnung wohnen müssen oder wäre wie viele Heimbewohner gar zeitlebens im Heim geblieben, wo man doch versorgt ist und wozu dann eigenständig ohne bequeme Betreuung draußen wohnen. Jetzt nach sechs Jahren Pflege ihres Vaters besann sie sich darauf in ihrem erlernten Beruf eine stundenweise Einstellung neben der Rente zu erlangen, um sich zu beweisen und um ein Stückchen Selbstverwirklichung und Selbstbestätigung nach langer Zeit wieder zu erlangen. Die Putzstellen, die Reinigung der Toiletten, das war, obwohl ja alles hinterher schön sauber war, für sie nicht befriedigend, wurde doch nichts von Dauer geschaffen, und das Putzen und der Schmutz hörten nicht auf zu sein. Es wurde nur immer wieder ein Status Quo erreicht, nämlich die Ausgangslage. Sie rief im Institut an der Universität an, in dem sie früher einmal vor ihrer Krankheit fünf Jahre beschäftigt gewesen war. Nach zahlreichen Telefonanrufen mit dem Bemühen einen Gesprächstermin bei der Professorin zu ergattern, gelang es ihr nach vier Monaten die Professorin ans Telefon zu bekommen. Sie schilderte ihr Anliegen, dass sie gern wieder Seminare geben wollte und erhielt die antwort, dass sie allerdings nur einen geringen Stundenlohn erhalten würde. Sie war dennoch fest entschlossen und bereit fürs Unterrichten. Ein Termin wurde abgemacht. Am Tag des Termins kam bei ihr Vorfreude aus Unterrichten auf, dass ja bald wieder sein könnte. Sie kleidete sich in ihren besten Sachen und fuhr mit dem Zug los. Der Vater würde von der Caritas während ihrer Abwesenheit betreut werden, so dass sie ihn in guten Händen wusste und sich keine Sorgen um ihn machen musste. Im Institut angekommen kamen die alten Erinnerungen aus ihrer damaligen Arbeitszeit als junger Mensch auf und vermischten sich mit freudiger Erwartung und innerer Erregung, musste sie, obwohl sie pünktlich zum Termin erschienen war, eine halbe Stunde allein im Flur warten. Neugierig und argwöhnisch wurde sie von den dortigen Mitarbeitern beäugt, die den Flur entlang von einem Arbeitszimmer zum anderen an ihr vorbeiliefen. Es wurden Blicke ausgetauscht, sie fühlte sich allein gelassen. Endlich kam die Professorin auf sie zu, sie erkannte sie nicht sofort als Professorin, da sie sie noch nie vorher gesehen hatte und nur am Telefon ihre Stimme gehört hatte. Man gab sich die Hand, stellte sich vor und nahm im Arbeitszimmer gegenüber auf zwei Stühlen Platz. Leider wüsste sie nicht, ob ein Seminar im Herbst zu halten wäre, sagte die Professorin, da sie keine Übersicht über die Anzahl der Studierenden und die hierfür benötigten Seminare und Seminarleiter habe.

Außerdem wisse man das erst kurz vor Semesterbeginn, und dann sei es ja für eine Vorbereitung und Aufbereitung des Unterrichtsstoffs zu spät, so dass dann wegen fehlender Vorbereitung eine an sich notwendige Einstellung nicht mehr in Frage kommen könnte. Man müsse dann auf die alten Mitarbeiter zurückgreifen, die dann mehr Unterrichtseinheiten zu absolvieren hätten. Ihr wurde klar, dass es unter diesen Bedingungen wohl niemals zu einer Neueinstellung, ihrer Neueinstellung kommen könnte und würde. Die Seifenblase von Traum zerplatzte in ihr innerlich und sie fragte sich, was sie eigentlich hier an diesem Ort zu suchen hatte. Wenn ein Seminar zu vergeben wäre, dann wäre das Hauptthema „Gesprächsführung", die standardisiert sein müsse. Sie hätte unter Videobeobachtung und ständiger Rückmeldung ein Gesprächsverhalten einzustudieren. Aber das wäre nur eventuell, so ganz theoretisch überlegt für den Fall, der nicht eintreten würde. Sie fragte sich nach der Gesprächsführung ihres jetzigen gemeinsamen Gesprächs und deren Sinn. Aber wenn schon keine Seminare zu vergeben wären, wenn sie unbedingt arbeiten wolle, so könne sie ja alte Datensätze von Fragebögen über das Schmerzverhalten von Rückenpatienten ihrer Vorgänger statistisch auswerten. Die wären liegengeblieben und davon gäbe es reichlich auszuwerten. Bezahlt werden könne sie dafür allerdings nicht, hätte dafür aber die Ehre, die Ergebnisse unter ihrem Namen veröffentlichen zu können. Sie erinnerte sich dunkel, dass sie am Eingang vom Institut einen Aushang mit der Suche nach einer studentischen Hilfskraft gesehen hatte, die gegen Bezahlung Daten auswerten sollte. Ich werde darüber nachdenken, ob ich die Arbeit leisten kann und mich wieder bei Ihnen melden, war ihre Antwort der Professorin gegenüber. Die Hände wurden zögernd einander gereicht, die Professorin versuchte ihr fest in die Augen zu schauen. Sie zwang sich dem Blick standzuhalten, obwohl sie sich leerer Hände fühlte und am liebsten vor Schmach ob des Angebots im Erdboten versunken wäre. Sie bereute jetzt ihre energische Anruferei am Institut und ihre Fahrt. Ihr wurde zunehmend unklar, was sie dort im Institut wollte. Der Traum vom Unterrichten- die Seifenblase – war lautlos innerlich in ihr geplatzt, implodiert. Sie fühlte sich alt und belastet und plötzlich müde und erschöpft. Nach dem Händeschütteln eilte sie zum Bahnhof- den Vater und dessen Betreuung, unter anderem auch die Kosten für die Zeit ihrer Abwesenheit im Kopf. Am Bahnhof ankommend, konnte sie schnell den Zug finden. Doch dieser blieb vorm Dortmunder Hauptbahnhof mitten auf den Gleisen für eine halbe Stunde stehen wegen angeblicher Stellwerkprobleme. Sie hatte aber auch am Morgen im Radio gehört, dass jemand Metallblöcke auf die Gleise in der Nähe von Dortmund gelegt habe, um Züge entgleisen zu lassen. Sie wurde unruhig, dachte an die nun zusätzlich verstreichende Zeit und an die dadurch anfallenden Betreuungskosten. Und Verdienen würde sie ja auch in Zukunft auch nichts. Die Fahrtkosten und die Betreuungskosten würden auf ihr sitzen bleiben. Der heutige Nachmittag hätte auch angenehmer verbracht werden können. Alles für die Selbstverwirklichung, die wieder mit einem Mal in weite Ferne gerückt war, wo sie doch vorhin noch zum Greifen nah schien. Zu Hause angekommen saßen Betreuer und Vater im Garten, der Betreuer fuhr sofort davon, das Geschirr stand meterhoch, das Essen war nicht warm gemacht worden und folglich auch nicht gegessen worden. Sie gab ihrem Vater zu essen, dann spülte sie den Berg Geschirr weg. Sie ging in ihre Wohnung, legte sich aufs Bett und sagte sich, ich bin ja wieder da. Aber bot ihr ihr Zuhause die nötige Sicherheit, die sie brauchte? Nachts schlief sie unruhig mit Alpträumen und ständigem Erwachen. Sie träumte von Fluren und Räumen und fremden Menschen der Universität und des Instituts, die alle durcheinander teils im Kreis an ihr vorbeiliefen, sich ihr regelrecht vorzustellen schienen in einem Reigentanz. Früh morgens stand sie zermürbt und müde mit einem dicken Kopf auf und fuhr mit ihrem Fahrrad zur Putzstelle, Büros und Toiletten putzen. Sie war traurig und fragte sich, warum sie das mache, was das alles zu bedeuten hätte, wobei man unter alles auch ihr Leben verstehen konnte. Nach Monaten wollte sie, da sie nichts an Arbeit woanders gefunden hatte und man ihr ihre

Putzstelle gekündigt hatte, da sie wegen ihrer Kurzsichtigkeit nicht sauber genug geputzt hatte, arbeiten und sogar umsonst die Daten auswerten, aber auch dies wurde ihr verweigert mit der Antwort, dies wäre nicht mehr nötig, am Institut hätte eine Umbesetzung stattgefunden; nur dass sie nicht berücksichtigt worden war. Sie war übergangen worden und außen vorgeblieben. Insgesamt fühlte sie sich vom Leben benachteiligt und bitter im Herzen.

Die Zeit des Rasenmähers oder die Rasenmäherliason

Es begann damit, dass der Rentner Siegfried und seine Tochter den Benzinrasenmäher nicht mehr anwerfen konnten. Der Rasen ums Haus herum wuchs und nach einigen vergeblichen Versuchen, den Rasenmäher doch noch zu starten, bei denen sich die Zwei abwechselten, musste Ersatz her. Da fiel der Tochter, die wegen einer seelischen Behinderung vier Jahre in einem Heim gewohnt hatte, ein, dass ja ein gewisser mittlerweile 44-jähriger Mann war, der damals mit ihr auf einer Etage gewohnt hatte und der mangels Durchhaltevermögen bei einer Ganztagstätigkeit u.a. auf Grund der stark beruhigenden Wirkung seiner einzunehmenden Psychopharmaka immer auf der Suche nach kurzfristigen Gelegenheitsarbeiten war, die ein kleines Taschengeld für ihn einbrachten. Kurzum, die Tochter fuhr zum Heim und engagierte ihn fürs Rasenmähen. Ein Preis wurde gleich ausgemacht. Am Nachmittag des darauffolgenden Tages erschien Udo um 16.00 Uhr zum Rasenmähen. Mit seiner Liebe zu allem, was einen Motor hat, gelang es ihm schnell, den Rasenmäher zu starten. Vater und Tochter saßen zufrieden auf ihrer Terrasse und schauten in ihren Garten, wo Udo seine Runden drehte. Nach eineinhalb Stunden war er fertig, er erhielt einen frisch aufgebrühten Kaffee, den er wegen seiner Linie schwarz trank, und seinen Obulus.

Man würde sich in einer Woche wiedersehen, das stand bald darauf fest. Von nun an mähte Udo bis in den Spätherbst hinein den Rasen, wobei er versuchte, möglichst viele Marienröschen beim Mähen stehen zu lassen, denn er könne diese nur schwer töten. Der Winter kam, der Rasenmäher stand still in einem Raum unter der Terrasse bis die Zeit nahte, wo der Frühling in den Sommer glitt. Es klang das Tuckern des Motors und verhieß lautstark Arbeit. Doch Udo blieb von diesem Jahr an nach getaner Arbeit auf der Terrasse sitzen und leistete Vater und Tochter Gesellschaft, wobei er seinen Träumereien über Firmengründungen nachhing und beim Erzählen durch das Zuhören von Vater und Tochter noch mehr im Glauben daran bestärkt wurde. Ende Mai hatte sich die Tochter und Udo bereits schon sehr gut durch die wöchentlichen Besuche kennengelernt. Die Tochter allein mit ihrem pflegebedürftigen vergesslichen Vater, ans Haus gebunden, war froh, wenn Udo zum Gespräch auftauchte, auch wenn er nicht mit beiden Beinen auf der Erde stand und manchmal seltene Ansichten vertrat; war sie doch nicht mehr einsam. Sie verspürte auch eine gewisse Dankbarkeit Udo gegenüber. Die ersten Küsse wurden ausgetauscht, es folgten Umarmungen und nach vier Monaten gezeigter Zuneigung waren die beiden ein Paar, allerdings im Leben und nicht auf dem Papier. Udo kam jetzt fast täglich, erledigte zwischendurch auch kleine andere Arbeiten außer Rasenmähen, die in und ums Haus anfielen. Diese Arbeiten wurden ihm gegen kleines Entgelt aufgetragen. Er machte sich nützlich und fühlte sich bei den beiden sichtlich wohl. Wieder einmal nahte der Winter und die Rasenmähersaison war fürs Erste zum zweiten Mal beendet. Im Winter und bis zum Sommer des folgenden Jahres saß Udo häufig tagsüber bei Vater und Tochter. Die Tochter verpflegte jetzt beide, ihren Vater und jetzt auch Udo. Des Nachts wurde sich leidenschaftlich und heftig geliebt. Doch dann beschloss Udo seine Tabletten, die er für sein seelisches Gleichgewicht erhalten hatte, abzusetzen, da sie eh nur müde und dick obendrein machen würden, seine Leber und Nerven zerstören würden, und er ja gar nicht seelisch krank sei. Udo veränderte sich von nun an ohne Tabletten merklich. Er, der vorher aufgedreht und unternehmungslustig war, wurde langsam still, nahezu schweigsam. Man merkte ihm an, dass er einen inneren Kampf führte. Er war total angespannt, gereizt und konnte leicht aggressiv werden. Er schien in sich versunken zu sein, er war abwesend, die Augen waren jetzt nach innen gerichtet. Die nächtliche Liebe wurde eingestellt. Udo wollte seine Ruhe haben. Er durfte nicht einmal mehr berührt werden. Er aß nichts mehr und konnte nicht mehr schlafen. Nach 14 Tagen Tablettenpause wurde vom Arzt beschlossen, dass Udo in die Klinik für Psychiatrie gehen sollte, um sich dort behandeln zu lassen. Die Tochter, die schon immer wusste, dass Udo ihr keinen dauerhaften Halt würde bieten können, war dennoch enttäuscht, war sie doch wieder mit ihrem Vater allein. Jetzt nach vorher einsamen langen Jahren wieder allein zu sein, führte dazu, dass sie sich einsam fühlte. Udo hatte seine Persönlichkeit total verändert wie von warm zu kalt. In der Klinik erhielt Udo wieder seine alten Tabletten, doch der seelische Zustand änderte sich auch nach mehreren Wochen nicht. Rief die Tochter bei ihm in der Klinik auf seiner Station an, fühlte er sich gestört. Nach sechs Wochen, in denen sich die beiden nicht gesehen hatten, stand Udo eines Tages wider vor der Terrassentür und fragte, ob er den Rasen mähen dürfte. Wieder zog er seine Runden. Alles schien beim Alten zu sein. Doch die Tochter hatte sich innerlich zurückgezogen, zu groß war die Verletzung von Udo, immer wieder in dieser Zeit abgewiesen worden zu sein. Aus der Sehnsucht nach Udo war Trauer geworden. Die Tochter spürte, dass sie mit dessen veränderter Persönlichkeit einen gewissen anderen Udo verloren hatte. Udo hingegen fühlte sich mit sich identisch und konnte sich nicht vorstellen, dass sein ruhiges Verhalten genau entgegengesetzt zu seinem sonstigen lebhaften Verhalten war. Er wollte wieder Liebe in der Nacht, doch sie war müde, ernüchtert und traurig. Sie sprachen darüber, doch die Tochter hatte sich mit ihrer jetzigen Unnahbarkeit Udo gegenüber vor tieferen Gefühlen geschützt. Sie tranken Kaffee und sprachen über ihre gelebte Liebe, die wohl da ist, aber nicht mehr gelebt werden kann, weil ein Bruch in ihrem Leben war. Aber er wird das dritte Jahr auch weiterhin Rasen mähen und auf gelebte Liebe hoffen. Sie selbst weiß, dass irgendwann wieder unverhofft, aus heiterem Himmel heraus, Absetzversuche von seinen Tabletten bei ihm folgen werden, und so geben sie sich jeweils zum Abschied die Hand. Denkt sie an den Schmerz, den sie erlitt in der Zeit, als er ein Anderer war, so kann sie nicht auf ihn zugehen, obwohl er ihr doch noch sehr vertraut ist. Es sieht danach aus, dass es zukünftig beim Kaffeetrinken nach dem Rasenmähen bleiben wird. Sie liebt ihn und weiß gleichzeitig, dass er sich nicht ändern kann, was sie auf Dauer nicht ertragen kann. Die nächste und vierte Rasenmähersaison aber wird höchstwahrscheinlich wieder kommen, und wenn Liebe nicht gelebt werden kann, so verbindet doch beide die Erinnerung an schöne Tage und an frühere nächtliche Liebe besonders zur Rasenmähersaison.

Endstation Sehnsucht

Sie hatte gerade ihr Diplom bestanden, als ihr Freund ebenfalls zu einer Examensprüfung antrat. Doch er fiel durch, hatte doch seine Freundin viele seiner letzten Seminararbeiten für ihn heimlich geschrieben, da er nichts aufs Papier gebracht hatte. Er kam von der Prüfung wortlos zurück, legte sich samt Kleidung ins Bett und zog sich die Decke über den Kopf. Jetzt war er unsichtbar, wie nicht vorhanden. Sie wusste, dass er durchgefallen war und sagte kein Wort. Gegen Abend sagte er, der WDR V habe ein neues Programm draußen vor dem Haus auf der Wiese geplant und würde ihr gemeinsames Gespräch im Zimmer abends im Radio senden. Ihr kam die Ahnung, dass er nun wohl verrückt geworden sei. Nach einer unruhigen Nacht, in der er sich im Bett hin und her wälzte, sagte er am nächsten Morgen, dass er überlastet sei und sie dringend beide in Urlaub fahren müssten, um sich zu erholen. Draußen, als sich ihm ein Schwarm Mücken vom nahegelegenen Bodensee näherte, behauptete er, dies seien Mücken aus dem Unilabor, die sein Professor auf ihn angesetzt habe und schlug wild um sich. Sie beschloss mit ihm zu seinen Geschwistern nach Köln zu fahren, da sie sich allein außerhalb von Köln mit ihm überfordert fühlte und sich von seinen Geschwistern Unterstützung erhoffte. In Köln angekommen, nachdem er während der Fahrt von ihr mehrfach zurückgehalten worden war, weil er versuchte während der Fahrt des Zuges die Zugtür zu öffnen und auszusteigen, wurden sie von seinen Geschwistern nicht abgeholt, obwohl sie ihre Ankunft vorher telefonisch angesagt hatten. Sie mussten mit ihren Koffern per Straßenbahn zur geschwisterlichen Wohnung fahren, wo niemand war, obwohl die Geschwister Autos besaßen. Vier Stunden später kam die ältere Schwester. Sie hatte die Adresse eines Psychiaters dabei. Sie fuhren im Auto seiner Schwester zum Psychiater, der eine Klinikeinweisung fertigmachte. Als sie die Station in der Klinik betreten hatten, wurde die Tür hinter ihnen abgeschlossen. Es stank bestialisch nach Urin und Exkrementen und die Luft war verbraucht und verraucht. Nach einer Stunde mussten sie gehen und ihn dort lassen. Er tobte und wollte mitgehen, wurde aber vom Wärter am Rausgehen gehindert, er hielt ihn am Arm fest. Am nächsten Morgen kam sie zu Besuch. Ihr Freund hielt den Hals schief, die Augen waren verdreht und er sagte kein einziges Wort. Zwischendurch lief er zur Besuchertoilette im Aufenthaltsraum, in dem sie waren und trank Wasser aus der Kloschüssel. Sie musste sich fast übergeben, als er sie anschließend küssen wollte. Sie besorgte Mineralwasser, er ging trotzdem aus der Toilette Wasser trinken. Die Topfblume, die sie mitgebracht hatte, hatte einen Plastiktopf, denn ein Tontopf hätte als Scherbenmaterial zum Aufschneiden der Pulsadern gebraucht werden können und war nicht erlaubt. Er nahm den Blumentopf unter den Arm und hielt ihn wie ein Baby, dann legte er sich samt Blume ins Bett, wobei die Blumenerde sich ins Bett verteilte. Sie ließ ihn gewähren. Sie bekam ein Butterbrot von einem Mitpatienten geschmiert. Ob er wohl gesehen oder gemerkt hatte, dass sie Hunger hatte, weil das Geld schon für diesen Monat für die Reisekosten ausgegeben worden war. Der Mitpatient und sie saßen gemeinsam im Besucherzimmer und aßen ihre Butterbrote, während ihr Freund Wasser aus der Toilette trank. Er sei geisteskrank, sagte der Arzt, aber das wusste sie schon. Nach vier Wochen ohne zu reden, besserte sich der Zustand ihres Freundes. Er wurde wieder klarer und machte sich Sorgen über finanzielle Dinge und über noch zu erledigende Dinge, die liegen geblieben waren. Er wurde in die Tagesklinik entlassen, wo er jeden Morgen hinging und von dort abends nach Hause zurückkam. Sie war auf der Arbeitssuche und erledigte zwischendurch kleine Jobs. Er wollte nicht mehr zur Tagesklinik und als sie in einer anderen Stadt arbeiten wollte, versuchte er ihr die Arbeit auszureden, da er nicht allein sein wolle- ohne sie Hause. Er tat ihr leid, sie fühlte sich gequält, fuhr aber am nächsten Tag mit dem Zug zur neuen Arbeit. Als sie des Abends zurückkam, war er nicht da, die Wohnung leer. Sie durchsuchte die Wohnung und den Dachboden und fand schließlich einen Zettel auf dem stand, ich bin ein Versager! Ihr wurde angst und bang, hier war etwas nicht in Ordnung. Sie rief die Krankenhäuser und Kliniken an, doch erhielt keine Antwort über seinen Verbleib. Gegen 22.00 Uhr klingelte es an der Wohnungstür. Vor ihr stand ein Polizist. Sie ahnte, dass etwas Schlimmes mit ihm passiert sein müsse. Ihr Freund ist heute Nachmittag von einer Brücke in den Rhein gesprungen. Aufgrund der Kälte des Wassers, es ist Ende April, ist davon auszugehen, dass er bereits nach wenigen Minuten an Unterkühlung gestorben ist. Die Leiche ist vermisst, also noch nicht gefunden, sagte der Polizist. Er fragte sie nach ihrem Alibi während des Nachmittags. Sie gab ihre Arbeitsstelle an. Der Polizist, fragte, ob er schwermütig gewesen sei, oder ob er Feinde gehabt hätte, die ihn in den Rhein gestoßen haben könnten. Sie verneinte dies. Zum Schluss nahm der Polizist ihre gemeinsame Haarbürste, ihre Verlobungsringe mit und notierte die Adresse von seinem Zahnarzt für die bevorstehende Identifizierung der zu erwartenden starb verwesten Wasserleiche. Dann ging er sein Beileid aussprechend davon. Sie dachte, sie befände sich in einem Film – einem Krimi. Doch es war wirklich geschehen. Ihr blieb die Luft weg, sie musste sich setzen und dachte, dass sie jetzt auch überschnappen werde. Vier Wochen später erhielt sie bei ihrem Vater zu Hause einen Telefonanruf von der Wasserschutzpolizei. Ihr Freund war bis nach Düsseldorf ans Rheinufer getrieben und dort aufgetaucht. Er war ihr förmlich entgegengeschwommen, als sie damals auf der Rückfahrt von ihrer Arbeitsstelle in Bochum nach Köln war. An seiner Beerdigung konnte sie nicht wegen ihrer angeschlagenen Nerven teilnehmen, sie schickte einen Kranz. Wann ist man ein Versager und hat man als „Versager" nicht das Recht auf Leben, fragte sie sich. Sie fühlte sich im Nachhinein schuldig, ihr Diplom bestanden zu haben und nicht auch durchgefallen zu sein, denn wäre sie auch ein Versager gewesen, hätten sie etwas Gemeinsames gehabt, was sie verbunden hätte. So fühlte er sich ihr gegenüber wohl als minderwertig, obwohl sie ihm nach wie vor Liebe und Anerkennung zukommen lassen hatte. In einer Therapie lernte sie mit ihren Schuldgefühlen umzugehen, die ihr als schwere Last, die Luft zum Atmen förmlich genommen hatten. Ihr Freund blieb jedoch noch lange Zeit in ihren Räumen und Gedanken präsent. Er, der aus Scham vor „ihr" und sich selbst nicht mehr hatte leben wollen.

Vom Vernünftigsein

Sie saß unter einer Birke mitten auf dem Rasen im Kindergarten und beobachtete die Mütter, wie sie ihre Kinder abholten. Die Mütter umarmten ihre Kinder, und dann gingen sie zusammen Hand in Hand nach Hause. Als ihre Mutter kam, sah das Mädchen unter der Birke sitzend, dass diese am Tor stehen blieb und das Mädchen zu sich rief. Sie umarmte das Mädchen nicht und gab ihr auch nicht die Hand. Schweigend gingen sie nebeneinander nach Hause. Das Mädchen wusste jetzt, dass ihre Mutter unrecht hatte. Nicht sie war nicht normal und musste aufpassen, sich vernünftig gegenüber anderen zu benehmen, wie ihre Mutter immer sagte, um nicht als Andersartige aufzufallen, sondern ihre Mutter hatte sich anders als die Mütter der anderen Kinder verhalten. Wenn also jemand anders oder vielleicht gar krank war, folgerte sie, dann war nicht sie es, sondern ihre Mutter. Vernünftig und normal sollte sie sein und sich verhalten, denn sie sei dies von Natur aus leider nicht, so ihre Mutter. Obwohl sie wusste, dass sie wohl normal war, hatte sich doch ein gewisser Argwohn und eine gewisse Unsicherheit in ihr breitgemacht, ob wohl etwas mit ihr nicht stimmen könnte und ob man ihr etwas anmerken könnte. Um sicher zugehen, beschloss sie sich nun immer vernünftig zu verhalten. Dies wurde förmlich zur Sucht, zur Manie. Akribisch achtete sie auf ihr Verhalten und wäre doch so gern frei gewesen ohne diese ständige Kontrolle und eigene Maßregelung. Gelegentlich erlaubte sie sich kleine Ausbrüche aus ihrem Gefängnis und kleine Ausfälle in Form von Trunkenheit und Albernheit. Sie zeigte eine gewisse Ausgeflipptheit in Kleidung und fiel den Leuten auf, was ihr teils peinlich war, teils jedoch auch gefiel, wollte sie doch auch provozieren und nicht immer normal und artig sein wie ihre Mutter gewollt hatte, die ihr Normalsein mit vierzig Jahren durch plötzliche geistige Umnachtung mit anschließendem Selbstmord beendete. Wie es nicht anders kommen konnte, wählte sie einen Beruf aus, der sich hauptsächlich mit Normalität und Verrücktheit beschäftigt, nämlich den einer Irrenärztin. Sie wurde zur Verwalterin in Sachen Normalität anderer, was sie eigentlich gar nicht sein wollte und führte ihren inneren Kampf so weiter. Doch bald konnte sie nicht mehr als Irrenärztin arbeiten, wurde berentet, kam in ein Heim und erhängte sich eines Tages wie ihre Mutter, weil es ihr nicht mehr gelang, zu den Normalen zurückzukehren und für immer zu ihnen zu gehören. Ihr Anderssein konnte und wollte sie immer noch ihrer Mutter trotzend nicht annehmen.

Von einem, der in den Krieg ausziehen musste.

Siegfried wurde 1916 geboren und hatte als der Zweite Weltkrieg begann, gerade das Alter, um vom Militär eingezogen zu werden. Da Siegfried das Leben liebte und schon von Jugend an alt werden wollte, gelang es ihm zu vermeiden, nicht zur kämpfenden Truppe an die Front geschickt zu werden, sondern er wurde fürs Fernmeldewesen eingeteilt, zog Leitungen bis an die Front und wurde nebenbei, wenn keine Masten aufzustellen und keine Leitungen zu ziehen waren, Funker. Er gab sich als Anstreicher aus, obwohl er Feinmechaniker war, da er hoffte auf diese Weise schneller nach Hause geschickt zu werden, als er in russischer Gefangenschaft war, annehmend, dass Anstreicher beim Rüstungswahnsinn weniger als Mechaniker gebraucht würden. Doch er kam nicht eher nach Hause, wurde aber von Unannehmlichkeiten weitgehend verschont. Mehrere Male, wenn er zu einem Einsatz an die Front sollte, sorgte er dafür, dass er wieder einmal eine Mandelentzündung bekam und zur Auskurierung in die Heimat geschickt wurde. Wenn er zurück kam, waren seine Kameraden bereits an der Front gefallen. Er fälschte Freigangs- und Urlaubskarten und Ausweise, gab sich Sonderurlaub und war auch sonst sehr aktiv, um seine Haut zu retten. Als er eines Tages aufgegriffen wurde und in ein Sammellager kam, von wo aus er zur Front geschickt werden sollte, gelang es ihm durch ständiges Vorsprechen beim für ihn zuständigen Offizier, diesen davon zu überzeugen, dass er zu einem gewissen Leutnant in Dienst müsse, was er wieder einmal erfunden hatte. So kam er aus dem Sammellager wieder in Freiheit und zog wieder seine Leitungen. 1945, kurz vor Ende des Krieges wurde er bei Königsberg von den Russen aufgegriffen und kam in ein Lager bei Smolensk. Dort litt er Hunger, musste viel arbeiten und blieb dort ganze fünf Jahre in Haft. Eines seiner Vorbilder wurde später der brave Soldat Schweijk. Nach dem Krieg führte er ein geordnetes Leben mit Familie und arbeitete in einer Metallfirma bis zur Rente. Er hatte kein Bestreben im Beruf sich zu beweisen, da er das Kämpfen und die Unannehmlichkeiten bei den Rangeleien um Beförderung und Posten ablehnte, wollte er sich doch nicht ärgern und unter Druck setzen, was seinem Ziel alt zu werden, gesundheitlich abträglich gewesen wäre. Er überstand den Tod seiner Frau, eine Krebsoperation und eine Gehirnoperation. Humor bewahrte er sich stets und genoss das Leben ohne allzu viel auferlegte Arbeit. Er, das Siebenmonatsbaby feierte erst kürzlich seinen 90. Geburtstag bei bester körperlicher, aber schlechter mentaler Verfassung. Er ist wie immer mit seinem Leben zufrieden, kann sich aber an den Krieg und das Elend jener Jahre sowie an seine überlebten Krankheiten nicht mehr erinnern. Die Vergangenheit ist bei ihm im Gedächtnis in großen Stücken weggebrochen und hat ihm, der nun nur noch den Augenblick lebt, Frieden und Versöhnung mit der Welt gebracht. Auf sein Jugend- und Lebensziel hundert Jahre alt zu werden steuert er nun nach mehreren Schlaganfällen und jetziger halbseitiger Lähmung bettlägerig weiter von Tag zu Tag mehr zu wie auch sein Gedächtnis ihn von Tag zu Tag mehr verlässt. Es könnte sein, dass er den 100. Geburtstag vielleicht noch erreicht, ohne es dann selbst zu wissen, aber auch dann wird er zufrieden mit sich und der, seiner Welt sein, ist er doch auch im Zustand der Bettlägerigkeit noch zufrieden mit seinem Leben.

Von kackbraun bis pissgelb, oder die Geschwisterliebe kann so schön sein!

Sie trafen alle vier nacheinander im Dachgeschoss des Patrizierhauses in Köln ein- zwischen ihnen lag ein Altersunterschied von bis zu acht Jahren. Sie hatten die Mutter vor Jahren durch Freitod in Folge von Depressionen verloren, sie hatte sich auf dem Dachboden zwischen Wäscheleinen wie ein nasses Wäschestück erhängt, da ihr Mann, ein Baumaschinenhändler in ihrem gemeinsamen Haus mit einigen Lebedamen herumgehurt hatte und das Vermögen dabei verprasste. Als die Frau tot war, musste der Mann kurze Zeit später Insolvenz anmelden und beschloss sich sämtlicher Verantwortung entziehend ebenfalls zur Selbsttötung. Er schoss sich mit einem Bolzenschussgerät, wie es beim Töten von Schweinen gebraucht wird, am Schreibtisch sitzend das Gehirn aus dem Schädel. Von den übrig gebliebenen Kindern wanderten zwei in Heime, eins zu Onkel und Tante und eins, ein Mädchen, blieb im Haus wohnen, da ihr mit siebzehn bald die Volljährigkeit bevorstand, so dass das Jugendamt nur kurz bis zur Volljährigkeit die Vormundschaft übernahm. Doch in den Ferien und zu den Feiertagen zog es die übrigen drei Geschwister in die dürftig ausgebaute Wohnung des Dachgeschosses des Patrizierhauses, das ihnen gemeinsam als Erbengemeinschaft gehörte. Das älteste Mädchen richtete sich die Dachgeschosswohnung ein und fing nach der Reifeprüfung an Landwirtschaft zu studieren. In den Ferien wurde ihre Ruhe jedoch immer jäh beendet; die Geschwister standen vor der Tür, machten sich in den Zimmern des Mädchens breit und beanspruchten ihr familiäres Erbe. Dabei schwebten sie in dieser Wohnung in Heimatgefühlen; hier war man Vater und Mutter nahe, hatten diese doch auch mit ihnen in diesem Haus gewohnt, wenn auch auf einer anderen Etage des Hauses. Bei der Suche nach Schlafplätzen kam es ob der Enge und Kleinheit der Wohnung zu regelmäßigen Rangeleien, wer welches Zimmer benutzen durfte. So kam es vor, dass morgens jemand in einem anderen Zimmer aufwachte, als am Morgen zuvor. Eine regelrechte Zimmerflucht und - hetze lag in der Luft. Als die ältere Schwester auszog und die Wohnung einige Monate lang verwaiste, gingen die übrigen Geschwister- besonders die Heimkinder rabiater bei ihrer Zimmersuche vor- sie besetzten nacheinander sich abwechselnd die ehemaligen Zimmer ihrer Schwester. Es gab ein Kommen und Gehen, und es herrschte permanente Aufbruchstimmung in der Wohnung. Die Suche nach dem ultimativen Zimmer blieb letztlich für beide Geschwister unbefriedigend und endete am letzten Ferientag mit dem wieder einmal vorerst vorübergehenden Auszug ins alte Milieu-Kinderheim. Die Wohnung wies deutlich Spuren ihrer Bewohner der vergangenen Wochen auf. Der Junge, der bei seinem Onkel und bei seiner Tante aufwuchs, blieb schüchtern und gab sich mit dem Schlafplatz auf dem Sofa im gemeinsamen Wohnzimmer- von seiner älteren Schwester eingerichtet- zufrieden. Er wagte gegenüber seinen rabiaten Geschwistern keine Ansprüche auf ein Zimmer anzumelden. Gelegentlich übernachtete auch die älteste Schwester auf einer Matratze im Wohnzimmer. Nach fünf Jahren kam der ältere Bruder der Heimkinder mit Freundin auf deren Anraten und Drängen dazu, ebenfalls Besitzansprüche auf ein Zimmer zu stellen. Ein Zimmer wurde ausgeräumt und die Fensternische in einem satten rötlichen Erdbraun gestrichen. In dieser Zimmernische lagen sie nun auf dem Bett träumend und sich liebend. Doch war die freie Zeit im Studium um, verließen sie wehmütig ihre Zimmeroase, um sie möglichst bald wieder aufsuchen zu können. Weihnachten- ein paar Monate späterstellten sie erschrocken fest, dass ihr Zimmer andere Möbel hatte und der erdfarbene Ton der Zimmernische war jetzt strahlend gelb. In der ganzen Wohnung war jedoch niemand anwesend, und es kam auch niemand. Sie beschlossen sich wieder ihre Oase zu schaffen. Mit neuer Farbe wurde die Nische jetzt wieder rotbraundas Gelb wurde überpinselt. An Ostern, welch ein Graus- war die Zimmernische wider strahlend gelb. Als sie auf die jüngere Schwester in der Wohnung stießen, antwortete diese, dass sei jetzt ihr Zimmer und das Kackbraun an der Wand wäre wohl nicht auszuhalten, das Gelb sei doch viel schöner, worauf die redegewandte Freundin des älteren Jungen sagte, dass das Kackbraun besser sei als ihr Pissgelb. Ein Streit entbrannte, der nicht besänftigt werden konnte. Türen schlugen, das Pärchen ergriff die Flucht aus der Zimmeroase, es kam einer Vertreibung von Adam und Eva aus dem Paradies gleich. In den folgenden Jahren wechselte die Zimmernische wie ein Chamäleon die Farbe von kackbraun bis pissgelb, je nachdem, wer von den Geschwistern gerade anwesend war und das Zimmer bewohnte. Zimmerfluchten und Vertreibungen waren monatlich an der Tagesordnung- eine Einigung war nicht in Sicht. Keiner wollte nachgeben. Die Geschwister waren unversöhnlich. Hier gab es etwas zu verteidigen, dass den Besitz nicht nur des Zimmers sondern auch den von Vater und Mutter idealerweise einschloss. Es ging um die Inanspruchnahme von Vater- und Mutterliebe, die unerbittlich in Streitereien, Rangeleien und Kämpfen ausgetragen wurde, ohne jemals eine Befriedigung finden zu können. Erst als eines der Geschwister seelisch erkrankte, besann man sich darauf, sich gegenseitig Unterstützung und Liebe zu geben. Doch die Umkehr in der Gesinnung kam zu spät, der älteste Junge, wohl auch der von Anfang an schüchternste der Geschwister, zog es wie seine Eltern vor, seinem Leben ein Ende zu bereiten, indem er kurz nach Ostern, nach einem Familientreffen, von einer 94 Brücke in den Rhein sprang. Bald darauf zogen die übriggebliebenen Geschwister nacheinander aus der Wohnung aus. Die Wohnung verwaiste. Das besagte Zimmer weist Spuren in der Farbe von kackbraun bis pissgelb auf und steht seit Jahren leer. Alle Geschwister bis auf den jüngsten Jungen wohnen nun in anderen Städten, der Jüngste blieb in Köln, aber auch in einem anderen Haus mit anderer Wohnung. Es gelang ihm zumindest das Elternhaus hinter sich zu lassen und mit seiner Frau in einer neuen Wohnung ein Domizil zu gründen. Geschwisterliebe und Elternliebe kann tödlich sein. Sie kann ihre Gefühle wechseln wie ein Chamäleon von kackbraun bis pissgelb- vom Dunkel ins Helle und wieder umgekehrt!

Glückspilze in Sahnesoße

Es war Samstagabend und damit Wochenende. Sie, ein Pärchen, saßen auf der Mauer an der Kirche, rundherum die Buden und Leute vom Altstadtfest. auf der aufgebauten Bühne spielte eine Band im 70-iger- Jahre-Stil - Schlaghosen, Glitzerhemden, Plateausohlen und Afro-Look. Es wirkte schon etwas befremdend, diese andere Zeit, war sie doch damals um die 20 Jahre gewesen. Zu Hause schlief ihr 90-jähriger Vater, den sie tagsüber pflegte und wegen seiner Betreuung nicht arbeiten gehen konnte. Das kleine Häuschen des Vaters, dass dieser sich als Arbeiter sein Leben lang erarbeitet hatte, musste immer häufiger Reparaturen unterzogen werden, die Geld kosteten. Hinzu kam die Pflege, die auch zum Teil privat bezahlt werden musste, so dass von der Rente des Vaters, von der Vater und Tochter gemeinsam lebten, nicht viel am Monatsende übrig blieb, wenn überhaupt etwas übrig blieb. Meistens reichte das Geld nicht aus und das Konto befand sich regelmäßig im Soll. Sie hatte einen Dispo-Kredit. Nun war die Sanierung der Terrasse abgeschlossen, deren Mauerwerk marode gewesen war. Ein Bekannter, Hartz IV-Empfänger hatte sie, obwohl sie ihm in seinen Depressionen das Leben durch Anrufe beim Notdienst der Feuerwehr gerettet hatte, für seine Renovierung an der Terrasse finanziell zu stark ausgenommen, und sie hatte sich gutmütig und hilflos zugleich nicht wehren können und sich nicht gegen seine überteuerten Forderungen zur Wehr setzen können. Sie hatte sogar seinetwegen einen Kredit von 3000 Euro bei der Sparkasse aufgenommen, um einerseits die noch ausstehenden Pflegekosten der letzten Monate von 1000 Euro und die 1000 Euro für die Terrasse zusätzlich zu ihren Ausgaben bezahlen zu können, und der sogenannte Freund mit den überteuerten Forderungen erzählte ihr noch, sie könne nicht mit Geld umgehen, würde sich zu viel Klamotten kaufen. Dabei war der Anteil an diesen Sachen verschwindend gering im Vergleich zu den Kosten für die Terrasse. Im Prinzip hatte der angebliche Freund das finanzielle Desaster von ihr hervorgerufen und nahm sich selbst nichts davon an. Sie war von ihm enttäuscht und zugleich verärgert, sagte aber nichts, machte gute Miene zu seinem bösen Spiel. Die restlichen 1000 Euro gingen nochmals für Rechnungen von Pflege und Haus drauf. Ein Paar Schuhe und zwei Paar Hosen zu je 4,50 Euro waren für sie drin gewesen. Nun saß sie mit ihrem Freund dem sie auch noch zusätzlich seinen Tabak bezahlte und den sie zum Champion-Essen eingeladen hatte, in der Nähe der Bude des Altstadtfestes. Die Champions konnte sie von den Verzehrmarken kaufen, die sie bei Abschluss des Kredits als Lockmittel oder Werbegeschenk zusätzlich erhalten hatte - als kleines Extra- 4 Verzehrmarken zu je 5 Euro. Eine für ihren Freund, eine für sich und zwei für ihre Freundinnen - so wurden die Marken unter die

Leute gebracht- fast wie Essensmarken im Zweiten Weltkrieg, kam ihr das vor, so sehr fühlte sie sich ausgebrannt, innerlich und äußerlich ausgenommen wie eine Weihnachtsgans, leer, nur noch nicht ausgebombt wie im Krieg, das Haus des Vaters stand ja noch. Jetzt kommt das Wichtigste, hatte der Sparkassenbeamte bei Abschluss des Kredits gemeint, als er die Verzehrmarken zu ihr herüber schob. Nein, das ist nur ein kleines Extrabonbon, hatte sie gesagt, das den Kredit versüßen soll, aber deswegen habe sie den Kredit nicht abgeschlossen. Im Grunde ihres Herzens war sie von allen Menschen um sie herum bedient und wäre gern jetzt mit einer Tasche voll weggegangen aus dieser ihrer Stadt, in der man es ihr seit ihrer Geburt so sehr schwer gemacht hatte und ihr übel mitgespielt hatte, indem man ihr keine Arbeit angeboten hatte, so dass sie mit dem Zug in andere Städte des Ruhrgebiets und des Rheinlandes zur Arbeit fahren musste, da sie ihrem Wesen nach keine Ostwestfälin sei - so die Leute ihrer Heimatstadt und in ihrer Heimatstadt wie eine Zugereiste behandelt wurde, was bei ihr immer wieder Befremden und Trauer auslöste. Eigentlich wollte sie auch gar nicht mehr hier sein nach all der ganzen Ablehnung der vergangenen Jahre, die sie sehr verletzt, gekränkt hatte. Sie war auch nur noch ihres Vaters wegen da und damals, als dieser dement wurde, nach "zu Hause" zurück gekommen, was keines mehr war nach Jahren von Arbeit in der Fremde. Jedenfalls hatte sie hier wenig Erfreuliches erlebt und wollte nur verhindern, dass ihr Vater in seiner Hilflosigkeit ins Altenheim kam, indem sie die Pflege übernahm. Die Musik drang jetzt stärker an ihr Ohr, wohl weil sie auch jetzt auf diese stärker achtete und aus ihren Gedanken ein Stück weit wieder aufgetaucht war. Sie saß mittlerweile mit einer Plastikschale Champions auf der Kirchenmauer, langsam essend und Musik hörend. So etwas Gutes hatte sie schon lang nicht mehr gehabt. Sie aß den letzten Rest vom Kredit, das Geld auf dem Konto war schon weg, ausgegeben, verteilt. Und dann musste sie plötzlich lachen. Sie kam sich verfremdet vor wie ein Hans im Glück, der auch alles abgab und dann zum Schluss nichts mehr hatte als seine nackte Haut - sich selbst. Aber sie war ja reicher. Sie hatte noch die Pilze zu essen, musste nicht hungern, war reich. Sie und ihr Freund waren wahre Glückspilze, sie musste wieder lachen und schwelgte in der Sahnesoße der Pilze-Champions- sanft wippend zur Musik und hin und wieder lauthals lachend, dass ihr die Pilze im Halse stecken blieben, und sie prusten musste wie ein Elefant und das auf dem Konzert, was ja zur Akustik auch noch zu allem Verdruss passte. Sie sann ob der Merkwürdigkeit des Glücks und sinnend und genießend das Wenige an Glück, was vom großen unerreichbaren Glück und ihren Illusionen geblieben war, an die sie sich zur Zeit der damals aktuellen und jetzt wieder gespielten Musik erinnerte. Nein, eigentlich war sie gar nicht unglücklich oder nur zu einem kleinen Teil, vielleicht eher wehmütig.

Die Autorin

Petra Meinold wurde 1958 in Westfalen geboren. Nach dem Abitur studierte sie Psychologie, Philosophie und Sprachen. Als Diplom-Psychologin und Psychotherapeutin arbeitete sie ab 1985 viele Jahre in verschiedenen Städten, auch Großstädten. Wegen mehrerer traumatischer Erfahrungen wurde die Autorin psychisch in Mitleidenschaft gezogen und musste längere Zeit pausieren. Nach dieser Zeit kam es zur Genesung, und die Autorin promovierte in Psychologie. Heute ist die Autorin selbständig psychotherapeutisch tätig und ist Dozentin an einer deutschen Universität. In ihrer Freizeit schreibt sie, malt Bilder und musiziert mit Freude.

Impressum / Kontakt

Über Ihre Reaktionen, Kritik, Anregungen etc. freue ich mich sehr. Sie können mich auf verschiedenen Wegen erreichen:

Dr. Petra Elisabeth Meinold
Akazienstr. 23
59555 Lippstadt
Tel: 0 29 41 / 13 67 9
E-Mail: petra_meinold@yahoo.de

ISBN: 978-3-8370-6136-9
Preis: 8,90 Euro

Satz und Layout: Ulrike Schumacher

Herstellung und Verlag: Books on Demand GmbH, Norderstedt
http://www.bod.de

b